Kari Köster-Lösche

Bisams, Gänse und die Tote im Sood

Vitolibro
– der Verlag mit dem Flieger

Umschlaggestaltung und Illustrationen: Karen Kieback, Laboe
gedruckt bei CPI, Leck
ISBN 978-3-86940-027-3

vitolibro

... der Verlag mit dem Flieger

Weiteres finden Sie unter www.vitolibro.de

1. Die Bisamburg

Unruhe war auf der Warf eingetreten, seitdem die neuen Bewohner eingetroffen waren und immer noch mehr auf die Hallig einwanderten.

Sie hielt auch noch an, als Zitas jüngster Wurf Bisamratten geboren war. Zu ihnen gehörte Bisamm. Einstweilen kannte er nur die Mutterhöhle in der schwimmenden Burg im Fething sowie den gemeinsamen Kotplatz der Sippe, die ihm Mutter Zita schon sehr früh gezeigt hatte.

Die Nachbarsippe wohnte in einem Gangsystem, das sich weitläufig durch den Ringdeich erstreckte, in dem Bisamm aber noch nie gewesen war.

Eines Morgens wurde Bisamm von Mutter Zita in einem Knäuel von Geschwistern, die alle schon wach waren, geweckt. „Eine Versammlung“, bemerkte sie nur und lief dem Pulk ihrer Kinder voraus. Bisamm war der Letzte.

Aus einem der Nebengänge schoss Hamster in vollem Tempo heraus und begrub Bisamm unter sich. Er erkannte den dicken älteren Bruder am Geruch, noch bevor er sich freigewühlt hatte. Hamster trug stets Spuren von Larven, die er gerade gegessen hatte, mit sich herum. Und gegessen hatte er eigentlich immer.

„Pass doch auf“, knurrte Hamster. „Du hast doch gehört, dass ich unterwegs war.“

Ja, hatte er. Hamsters Fell schabte immer hörbar an den Wänden der schmalen Gänge entlang.

„Wir haben eine globale Verantwortung für diese Hallig!“, tönte Sumpfhase salbungsvoll, als er mit seiner Rede begann. Er stand auf einem erhöhten Graspodest wie ein erfolgreicher Biber nach dem Fällen eines Baumstamms, dabei war er nur ein schmächtiger, alternder Bisambiber mit spärlichem Haarkleid und mittlerweile fast nacktem Schwanz.

Obwohl er erst vorige Woche hier angekommen ist, maulte Bisamm still, der ein paar Wochen länger hier lebte. Vater Wühler, der eigentlich das Sagen hatte, war ansehnlicher. Noch war Onkel Sumpfhases Kopf rund und ging stufenlos in den Rumpf über. Aber der war mager und sein Fell schütter.

Bisamm wunderte sich, dass er in wenigen Tagen die Oberherrschaft über die Bisamkolonie hatte übernehmen können. Wie konnte einer, der von den Barthaaren bis zur Schwanzspitze grau und unscheinbar war, Befehle erteilen wollen? Aber da Bisamm selber zum jüngsten Wurf gehörte, noch dazu der Zweitjüngste der Familie war, stand es ihm nicht zu, zu fragen. Nach ihm kam nur noch seine Schwester, Mäuschen genannt, und die hatte noch weniger Mitspracherecht. Machte sich darüber vielleicht auch keine Gedanken.

Er verpasste die weitere Rede des Greises, bis er die Zunge seiner Mutter Zita spürte, die ihm zärtlich über seine weiße Wange leckte. Sie kümmerte sich besonders um ihren weißfelligen und rotäugigen Sohn, weil er sich so stark von seinen braunen und schwarzen Geschwistern unterschied und Mitleid verdiente.

„Und das Sollen ist sehr stark!“, hörte Bisamm, als er wieder aufpasste. „Was soll er denn?“, wisperte er Mutter Zita zu.

„Nicht er. Wir! Wir sollen mutig sein und vorangehen. Und diese Aufgabe wird uns noch viel abverlangen. Unserer ganzen Bisamrattenbevölkerung. Vor allem wegen der Minks.“

„Was ist das für eine Aufgabe?“

„Die Minks auf unsere Hallig einzuladen.“

„Die Minks?“, wiederholte Bisamm ungläubig. „Ich denke,

wegen ihnen sind wir Bisamratten aus Amerika ausgewandert …"

„Ach, Unsinn", meinte Zita. „Das hast du falsch verstanden. Es ist ein Märchen unserer Alten. Wir sind wegen der Muscheln hier, der schönen Herzmuscheln und der süßen kleinen Tellmuscheln … In Amerika gab es nur die Riesenaustern, die wir nie knacken konnten und die klobigen Clams …"

„Sind wir dann auch nicht die Lieblingsspeise der Minks?"

„Nein, wirklich nicht, Bis! So schlecht musst du nicht von ihnen denken. Onkel Sumpfhase möchte jedenfalls, dass wir lernen, friedlich mit ihnen zusammenzuleben."

„Möchten das auch die Minks?"

„Das weiß ich nicht. Aber ich vertraue ganz auf den Onkel."

Bisamm hörte seiner Mutter aufmerksam und mit nur einer Spur von Ungeduld zu.

„So hat er es mir erklärt, Bis", fuhr Zita fort, in der Hoffnung, ihren Sohn zu überzeugen. „Manchmal verstehst du vielleicht seine gewählte Sprache nicht, weil du noch so jung und unerfahren bis. Du musst wissen, dein Onkel hat lange gleich neben dem Kieler Landtag gelebt. Wenn die Abgeordneten – so heißen die Bewohner des Hauses – kamen, um sich am Ufer von ihrer schweren Arbeit zu erholen, hat er ihnen aufmerksam zugehört und viel gelernt. Du musst ihm Respekt entgegenbringen."

Bisamm zog die Nase kraus.

„Seine Erfahrung auf allen Gebieten ist groß."

„Wo denn?"

„Bei der Moschusproduktion …"

Bisamm unterbrach sie grantig. „Ich habe schon gemerkt, dass er ständig stinkt."

„Ja, sehr eindrucksvoll."

„Ausdrucksvoll", berichtigte Bisamm.

Zita überging seine Unhöflichkeit. „Das ist nur zu unserem Besten. Um Konkurrenten und Eindringlinge abzuwehren."

„Es gibt keine, denke ich“, widersprach Bisamm naseweis. „Außer den Teichhühnern, und die lassen sich doch bestimmt beim Fliegen nicht anstinken!“

Da Sumpfhase seine Rede gerade unterbrochen hatte, weil er sein Podest aufpolstern musste, wandten sich die umstehenden Bisams Zitas Erklärungen zu, die über eine besondere Beziehung zu Sumpfhase verfügte und mehr als alle anderen über ihn wusste.

„Außerdem“, fuhr Zita mit erhobener Stimme fort, „ist er erfahren im Bau von Wohngängen in Deichen und im Bau von Befestigungsanlagen.“

„Meinst du damit die Bisamburg, die er in einem Schwimmbad der Zweibeiner gebaut haben soll? Hat mir jemand erzählt.“

„Jawohl! Sie war großartig gegen Wellenschlag geschützt, besser ging es gar nicht.“

„Aber die Zweibeiner fanden es nicht gut?“, fragte jemand.

„Nein, sie sind sehr eigen, was die von ihnen angelegten Gewässer betrifft.“

„Wir auch.“

Bisamm hörte der Diskussion zwischen Zita und anderen Erwachsenen interessiert zu, zu sagen hatte er nichts.

„Nun, ja“, gab Zita zu. „Sumpfhases Spezialgebiet aber sind die nackten braunen und grauen Schnecken, die in den Gärten auf dem Festland leben. Er hat sie schon als ganz junge Bisamratte immer beobachtet, sagt er.“

„Die sollen wir hier nicht haben. Ich habe mich erkundigt.“

„Mit wem schwatzt ihr immer nur?“, fragte Zita mißbilligend.

Das wollte keiner verraten.

„Schmecken sie denn?“, fragte Bisamm.

„Die Schnecken? Das weiß ich nicht. Sumpfhase findet sie widerlich, behält sie aber im Auge für den Fall einer Invasion auf unsere Bisambaue. Aber jetzt sei still, er erwartet, dass wir zuhören."

Bisamm und alle anderen wandten sich dem Onkel zu.

Sumpfhase kraulte sich gerade mit zufriedener Miene die Schnurrbarthaare und hob dann erfrischt aus erhöhter Position wieder an. „Wir sind auf etlichen Gebieten unserer Verantwortung durch unsere Beschlüsse gerecht geworden. Noch aber sind wir in fortlaufenden Gesprächen und arbeiten sehr intensiv. Nach Abschluss des Konsultationsverfahrens werden wir zum gegebenen Zeitpunkt eine Entscheidung treffen."

Die Gemeinschaft der Bisamratten klapperte bedrohlich mit den Schneidezähnen, um ihr Einverständnis gegen alles, was feindlich sein konnte, deutlich zu machen. Bisamm klapperte begeistert mit.

„Genial, Onkel!", rief Hamster, Bisamms gefräßiger Bruder.

„Wenigstens einer aus der Verwandtschaft, der mich versteht", bedankte sich Sumpfhase geschmeichelt.

Bisamm dagegen verstand nichts. „Was will er denn entscheiden?", fragte er ratlos.

„Hör ihm nur zu", ermunterte ihn Zita.

„Es sind zentrale Reformen vereinbart worden. Diese Arbeit ist jedoch noch nicht abgeschlossen. Soviel kann ich euch aber schon verraten: Es handelt sich um die Straßennamen, die unsere Hallig erhalten soll, damit wir uns schneller zurechtfinden. Über einen sind wir uns schon einig geworden."

„Und? Welcher?", riefen Bisamms dunkelfellige Brüder wie aus einer Kehle.

„Sumpfhasenboulevard", gab Sumpfhase bescheiden bekannt und wurde mit dem anschwellenden Jubel der Anwesenden belohnt.

Bisamm wurde versehentlich von seiner Mutter getrennt, als sie alle wieder in ihre Höhlen und Gänge zurückströmten. Vor ihm bauten sich zwei starke Kerle auf, der eine braun, der andere schwarz, beide in dichtem Fell, das schon einige Blessuren durch Kämpfe aufwies. Schläger eben.

„Na, Weißwurst“, sagte der braune, Ondat, gönnerhaft. „Hat dich deine Mutter endlich von der Leine gelassen?“

„Jetzt gibt es bald nicht mehr doppelte Portionen Milch, Kleiner“, fügte der schwarze Zibeth hinzu. „Jetzt musst du lernen, was es heißt, sich als Bisamratte selbst sein Essen zu verschaffen. Wenn du das kannst.“

„Kann er nicht. Wer aussieht wie ein Ei, wird als Ei gefressen. Da wäre zum Beispiel der Fuchs …“

Da Ondat im Augenblick keine weiteren Fressfeinde einfielen, half Zibeth aus: „Minks, Fischotter … Ein weißes Fell im Gras ist schön sichtbar. Geradezu eine Einladung an hungrige Feinde.“

Bisamm nickte zum Zeichen, dass er verstanden hatte. Mit diesen beiden wollte er nichts zu tun haben. Nicht einmal reden.

„Noch bist du im Nestlingsschutz. Aber nicht mehr lange“, drohte Ondat leise.

Sie machten auf den Hacken kehrt und liefen in den Gang, der unter Wasser aus der Burg hinausführte.

Bisamm ahnte, dass sie vorhatten, ihn dauerhaft zu tyrannisieren.

2. Ein Halligbesucher

Am gleichen Abend schlenderte ein Mann in mittlerem Alter am Fuß der Ketelswarf entlang wie irgendeiner der unzähligen Touristen, die im Sommer die Hallig zu besuchen pflegten. Bevor er die flache Auffahrt zum Museum betrat, zog er sich seine Baseballkappe tief ins Gesicht, als ob ihn die untergehende Sonne störte.

Oben angekommen, betrachtete er in Ruhe die Bockmühle und das nächstgelegene Haus mit der weißen Fassade und den schwarzen Jahreszahlen 1786, das an der Südseite einen kleinen Garten beherbergte. Hier fand er nichts, das seinem Zweck dienen würde. Darum entschloss er sich, sich in der Mitte der Warf umzusehen, wanderte an Staketenzäunen vorbei, hinter denen sich weitere Gärten mit Obstbäumen, Büschen und Häusern befanden.

Die ersten Lichter hinter den Fenstern flammten auf. Die Leute waren zum Essen und zum Abendprogramm im Fernsehen zu Hause. Das passte ihm gut. Auf den schmalen Wegen zwischen den Grundstücken war außer ihm niemand.

Er umrundete den Teich in der Mitte des Warfdorfes und blieb stehen, um hinein zu sinnieren. Ein schwarzes Huhn raschelte im Schilf – es konnte auch eine Ente sein. Aber schwarz? Nun ja, Vögel waren nicht sein absolutes Spezialgebiet. Eher schon das schwarze Wasser, das von keinem Windhauch gekräuselt wurde und sehr tief wirkte. Aber zu groß und zu einsehbar, zumindest im Sonnenschein bei Tage. Auch dieser Teich war nicht der richtige Ort.

Zu seiner Überraschung entdeckte er einen zweiten Teich, der sich auf einem Grundstück mit einem Haus, dessen Fenster dunkel waren, einer Schaukel und Spielgeräten befand. Ein zurzeit unbewohntes Ferienhaus, kein Zweifel. Dieses Anwesen verdiente, näher untersucht zu werden.

Er umrundete den zweistöckigen Bau und stieg dann auf die niedrige Deichkrone. Unterhalb der Warf erstreckte sich wintergelbes, flachliegendes Gras bis zum Wattenmeer im Norden, das in der Dämmerung stellenweise hell schimmerte. Ein Wasserlauf, der sich im Grasland verlor, blitzte auf, ebenso einige Pfützen.

Anders als auf den durch Pfähle und Stacheldraht abgeteilten Weiden grasten hier keine Rinder. Dies schien ein naturbelassenes Stück Sumpfland zu sein, das zu seinem Bedauern aber auch nicht seine Bedingungen erfüllte. Womöglich stapften hier die Hausgäste hindurch, um ihren Kindern Vogelnester mit Küken zu zeigen. Oder die Tierschützer würden mit ihren langen Fernrohren ausgerechnet hier Ringelgänse zählen.

Unbrauchbar. Verärgert wandte er sich ab und nahm Kurs auf den Mittelgang zwischen den Häusern, auf dem er gekommen war.

Noch im Garten fiel ihm ein aus Ziegelsteinen aufgemauertes Podest, das oben abgedeckt war, ins Auge. Ein Brunnen? Oder eine Zisterne?

Verstohlen sah er sich um. Zwischen mannshohen Hecken, einer fensterlosen Hausfassade zur einen und zur anderen Seite ein jalousienbedecktes Fenster waren Beobachter unwahrscheinlich.

Er huschte hin. Das Gemäuer war mit einer verwitterten Holzplatte abgedeckt. Riegel und Ösen an der obersten Lage Ziegel hätten sie sichern sollen, aber die Schlösser waren längst entfernt worden.

Als er den Deckel abgehoben hatte, schlug ihm der modrige Geruch von durchnässtem Gemäuer entgegen. Schnell richtete er seine Taschenlampe in den Schacht und leuchtete ihn aus.

Mehrere Meter unter ihm traf der Lichtstrahl auf eine schwarze Wasseroberfläche, auf der alter Unrat schwamm. Die Wände aus alten Ziegelsteinen bröckelten und waren teilweise von etwas Glitschigem, Grünem bedeckt.

Er verstand. Es handelte sich um eine alte Zisterne, aus der man vor Jahrzehnten Trinkwasser geschöpft hatte. Heutzutage war die Hallig an die Trinkwasser-, Strom- und Telefonleitungen des Festlands angeschlossen, wie ihm der Besitzer der Ferienwohnung versichert hatte. Diese Zisterne würde nie jemand öffnen. Und wenn schon.

Für seine Zwecke perfekt.

3. Thalatta, thalatta

Bisamm wuchs kräftig, aber es dauerte noch Tage, bevor seine Mutter ihm endlich den ersten Ausflug gestattete. Sie war so übervorsichtig, dass es nicht zum Aushalten war.

Er trampelte schon vor Ungeduld, als sie zu einer letzten Mahnung zur Vorsicht ausholte. Ihn musste Zita nicht anschubsen wie manche der Geschwister, damit sie die Röhre verließen, um ins Wasser zu tauchen. Sie hielt ihn trotzdem noch mal auf.

„Lass dich nicht von Unbekannten ansprechen, Bisamm. Nicht von Eulen, Füchsen und Fischottern. Wir wissen ja gar nicht, was hier auf der Hallig alles so lebt."

„Nein, nein", versprach Bisamm gehorsam, ohne zu wissen, wie er diese Feinde erkennen konnte.

„Noch eins. Sei so gut, Bis, halt nach einem Schwanenpaar Ausschau, dass vielleicht Lust hat, unser Dach zu beziehen. Ich fühle mich dann immer viel sicherer, wenn oben jemand wohnt, der zuverlässig Alarm schlagen kann."

Bisamm war so glücklich, dass er alles versprochen hätte, Und dann schwamm er endlich durch die unter Wasser liegende Röhre hinaus in den Teich, der hier Fething genannt wurde, und kletterte auf das unbewohnte Dach der Burg, um sich erstmals richtig umzusehen.

Viel zu sehen gab es nicht. Der Fething war rund wie ein Apfel, Schilf wuchs am Rand, und dahinter war ein steiler Abhang aus Gras, der keinen Blick in die Umgebung zuließ. Also hinauf! Dann hockte er oben und wunderte sich über die

Weite der Welt. In der Ferne befand sich das Meer, aber unerreichbar war es bestimmt nicht.

Eine Fülle von liebreizenden, lockenden Düften waberte um ihn herum. Manche kannte er, andere nicht. Überlagert wurden sie alle von stinkenden Hinterlassenschaften der Schiffe im Meer. Aber dahinter lag eine ganze Duftwelt von leckeren Rohrkolben, von Schilf, Gartengemüse, Muscheln und Meeresschnecken. Und Topinambur. Die liebte er über alles. Zita hatte ihn mit allem bekannt gemacht.

Er kugelte den Abhang hinunter und setzte sich in gemächlichen Galopp in Richtung Meer. Das liegende Gras war etwas hinderlich, da er noch nicht gut zu Fuß war, aber die Pfützen durchschwamm er elegant. Schwimmen hatte ihm niemand beibringen müssen.

Schließlich erreichte er am Ufer einen steingepflasterten Weg. Eigentlich nichts für ihn, aber von dort konnte er am besten über das Meer schauen. Das Wasser stand hoch, es brachte den Geruch von Sand und Schlick mit sich. In der Ferne lag im Dunst eine Insel. Bisamm genoss alles in vollen Zügen. Endlich!

„Thalatta, thalatta!", rief jemand hinter ihm.

Bisamm machte vor Schreck einen Satz in die Höhe und wäre fast ins Wasser gepurzelt. Feinde? Zibeth und Ondat hatten ihn glücklicherweise nicht entdeckt.

„Das Meer, das Meer", übersetzte die gleiche Stimme so unkriegerisch jetzt, dass Bisamm von Flucht absah. Stattdessen betrachtete er den Schreihals.

Der Vogel war mit imponierendem schwarzem, weißem und rotem Gefieder ausgestattet und viel größer als er. Bisamm schlotterte vor Unbehagen, und sein weißer Pelz schien ihm plötzlich viel zu groß. „Bist du eine Eule?"

„Das war Griechisch. Ich bin Branda Leighanne Brandgans", verkündete sie selbstbewusst. „Natürlich keine Eule. Und was bist du für einer?"

„Bisamm", stellte er sich mürrisch vor. Er fand es nicht fair, so erschreckt zu werden.

„Glaub ich nicht. Angeber! Ich habe Kaninchen gesehen, die wie du waren. Aber mit hübschen, langen Ohren. Hat jemand deine abgebissen?"

„Nein!", heulte Bisamm entnervt. „Ich bin eine weiße Bisamratte."

„Das gibt es nicht."

„Mich gibt es! Das weiß ich doch genau." Vor Aufregung schleckte Bisamm sich seine Schwimmborsten am linken Hinterfuß.

„Wie du meinst. Ein Borstenvieh, ein Borstenvieh", trällerte Branda belustigt und so laut, dass einige Gänse in Sichtweite sich erhoben und neugierig herbeiflogen.

„Bosst du schon wieder rum, Mutter?" Wenig respektvoll sprach der junge Ganter Branda an. Er war schlanker, wirkte drahtig und sah aus, als ob er auf der Stelle zu einer tollkühnen Tat aufbrechen könnte. Zum Beispiel auf eine weiße Bisamratte einhacken.

„Aber Tade! Du kennst mich doch."

„Ja, eben." Tade starrte Bisamm von den angelegten Öhrchen bis zur Schwanzspitze an und wandte sich dann an die übrige Schar. „Das bockt. Einen Minimalpigmentierten hatten wir noch nie hier."

Bisamm blieb stumm, jetzt vor Angst. Die Bewohner dieser Hallig benahmen sich so anders als seinesgleichen. Wer wusste schon, ob es nicht noch mehr Feinde gab, als Zita aufgezählt hatte.

„Wo ist dein Bruder Abel?", erkundigte sich Branda streng.

„Schwester, Mutter, das weißt du doch."

„Aber der Spruch geht nun mal so." Branda klang eigensinnig.

„Lass diese Sprüche, Mutter. Hast du den Neuen damit etwa erschreckt? Er ist so still."

„Du fragst nach Dingen, die dir nicht geziemen."

„Mutter! Branda!“

Darauf antwortete Branda erst einmal nicht. Zufrieden ratterte sie mit dem Schnabel an ihrem Gefieder entlang und versetzte, als sie mit dem Putzen fertig war: „Da steht er nun, der arme Tor“. Sie hob ab, die ganze Schar außer Tade hinter ihr her.

Bisamm und Tade starrten einander gegenseitig an. Bisamm spreizte die Zehen seines linken Hinterfußes und begann erneut vor Nervosität seine Schwimmborsten zu putzen.

„Alles bürstig?“

Bisamm ließ die Pfote los und sah auf. „Was?“

„Ob bei dir alles in Ordnung ist, wollte ich wissen. Branda ist nicht gefährlich, du musst keine Angst vor ihr haben.“ Er sprach lautstark, als hätte er es mit jemandem zu tun, der schwer von Begriff war.

„Schrei nicht so“, murrte Bisam, etwas mutiger.

„Ich rede, so laut ich will. Enten sind laut. Ich bin eine.“

„Wieso Ente? Deine Mutter war doch eben noch eine Gans.“ Und wer mal Gans, mal Ente war, dem war nicht zu trauen. Aber das sagte Bisam lieber nicht.

„Mütter! Außerdem kann dir das doch egal sein. Was machst du überhaupt hier? Wir waren doch froh, als wir deinesgleichen endlich losgeworden waren. Warum bleibt ihr nicht bei euren angeblich gigantischen Flussmuscheln, statt uns die Herzmuscheln wegzufressen?“

Bisamm schloss für einen Moment die Augen und schnupperte in den Wind. „Herzmuscheln. Da sagst du was. Lecker, wenn auch mickrig. Ich wünschte, ich würde welche finden.“

„Uns! Wegfressen!“, brüllte Tade anklagend.

„Ich verstehe dich. Ja, viele von uns sind am Fluss geblieben“, bestätigte Bisamm. „Aber die Flussmuscheln nicht. Deswegen sind wir hierher umgezogen.“

„Hier wohnen wir!“

„Wir jetzt auch.“

„Kacke!“, kreischte Tade. „Schwarze, schmierige Bisamrattenkacke!“

Bisamm drehte sich beleidigt um und galoppierte schwerfällig nach Bisamart davon, sofern sie nicht im Wandertempo unterwegs waren. Er fand einen Trampelpfad zur Warf zurück.

Auf halber Warfhöhe hielt er inne und überdachte die Lage. Diese Gänse waren tatsächlich weniger gefährlich als frech. Eigentlich war Tade genau derjenige, von dem er die merkwürdige Halligsprache lernen konnte.

Hinter ihm ertönte Flügelrauschen, dann landete Tade neben ihm.

„He, du Nerd. Sei nicht so ungeil.“

Das war für Bisamm das passende Stichwort. „Warum sprecht ihr so komisch?“

„Bleib geschmeidig“, empfahl Tade. „Du wirst schon damit zurechtkommen.“

„Bestimmt. Aber warum …“

Tade schüttelte verdrossen den Hals, dass sich die Flaumfedern aufblähten. „Also gut. Meine Mutter und ich haben längere Zeit in einem Park neben einer Schule gewohnt. Du weißt, was eine Schule ist?“

Bisamm wusste.

„Mutter Branda hat den Lehrern ihre blöden Sprüche abgelauscht.“

„Und du?“

„Den Kindern. Um Mutter zu ärgern.“

„Das würde ich auch gerne lernen“, rief Bisamm begeistert und schlug die Vorderpfoten zusammen. Beinahe fühlte er sich alt genug, aus dem Familienverband auszuscheren, und da musste er die Sprache der Hallig beherrschen. Noch wusste er allerdings nicht, wohin.

Tade schlug mit den Flügeln und kniff ein Auge zu. „Mutter würde jetzt sagen: Das ist der Beginn einer wunderbaren Freundschaft. Ich sag´s anders. Wir clustern öfter und quatschen miteinander.“

„Für meine Freunde bin ich Bis", erklärte Bisamm feierlich.

Es war tiefdunkle Nacht, als sich an der Nordküste ein Boot der Hallig näherte. Der Zeitpunkt passte, es war kurz vor Hochwasser, windstill, und seine Navigation war einwandfrei. Eine viertel Meile vor dem Ufer stellte er den Außenborder aus und ließ sich von den Wellen an den kleinen Steg schaukeln, den er bei Tage ausgemacht hatte. Es war nur ein leichtgebauter Badesteg, aber der Jolle würde er die paar Minuten standhalten.

Bisam hob kurz den Kopf und lauschte. Nachtgeräusche. Nichts Beängstigendes. Er grub weiter nach den Topinamburknollen, die er in einem Garten fand, wie Zita es beschrieben hatte. Sie hatten überwintert, setzten aber schon junge Sprossen an, und die waren am schmackhaftesten. Mit Feuereifer hob er die nächsten aus, als im benachbarten Ferienhaus ein Hund anfing zu bellen. Licht wurde in einem der Räume eingeschaltet.

Bisamm wollte gerade die Flucht ergreifen, als er einen Schatten sah, der auf dem Betonweg zu den Häusern hochschlich und auf halber Höhe stehenblieb. Bisam richtete sich auf und spähte umher. Der Hund hatte gar nicht wegen ihm gebellt, aber dabei seine Leute geweckt.

Noch eine Weile waren im Haus Stimmen zu hören, das Gebell verstummte, dann erlosch das Licht wieder. Bisamm blieb aufmerksam hocken und ließ sich nicht vom Duft der Knollen verführen.

Der Fremde wartete ebenso regungslos ab. Schließlich setzte er seinen Weg fort, beladen mit zwei ausgebeulten Tüten. Bisamm schnupperte, als der Mann auf seiner Höhe angekommen war: Bootsgeruch und Salzwasser überwogen den Geruch nach Mensch. Auch nichts Beängstigendes.

Die Schritte des Besuchers auf Gras gingen unter im leichten Nachtwind, der sich erhob. Bisamm aß noch eine Knolle, dann trollte er sich satt und höchst zufrieden nach Hause.

4. Weißwurst ohne Nestlingsschutz

Auf dem Rückweg in die Bisamburg nach einem Streifzug nahm Bisamm die Röhre, die durch den Warfhügel führte, die kürzeste. Schon von weitem hörte er Onkel Sumpfhases Stimme, die immer um einen Ton höher lag, wenn er predigte.

„Ich fordere respektvollen Umgang mit der großen Gruppe der Felllosen. Auf wen trifft das wohl zu? Wühler? Hast du dir darüber mal Gedanken gemacht?“

Bisamm hielt inne und lauschte, um die Antwort seines Vaters nicht zu verpassen. Ärger stand bevor. Sein Onkel musste sich immer aufspielen.

„Beantworte deine blöde Frage doch selbst, Sumpfhase“, bölkte Wühler.

„Hamster, dann du! Du weißt es, nicht wahr?“

Bisamm konnte sich gut vorstellen, wie Hamster mit leuchtenden Augen zu seinem Onkel aufblickte. Vielleicht wusste der sogar die richtige Antwort, obwohl das nicht ganz sicher war. Dann erreichte er den Kessel, in dem die heutige Versammlung stattfand. Nicht nur sein Bruder, auch alle anderen Bisamratten schauten ehrfurchtsvoll auf den Redner.

Mosca, ein anderer Bruder von Bisam zeigte auch auf, aber Sumpfhase ignorierte ihn.

„Brandgänse, Teichhühner, Möwen und flügellose Zweibeiner“, zählte Hamster artig auf.

„Sehr schön.“

„Und die Minks?“, rief Bisam herausfordernd. Als Freigänger durfte er in der Versammlung auch sprechen.

„Die sind nicht felllos“, schnarrte Sumpfhase erbost. „Du hast wieder nicht aufgepasst, Bisamm. Außerdem bist du viel zu jung, um die Nerze zur Sprache zu bringen! Du hast doch nicht die geringste Erfahrung mit ihnen.“

„Sei still. Widerspruch verträgt er nicht“, flüsterte Zita Bisamm beunruhigt zu. „Es gibt auf der Hallig keine Nerze.“

Sumpfhase fixierte Bisam wie ein wehrhaftes Seegras, das er gleich erlegen würde. „Wenn es dich beruhigt: Nach Abschluss der Konsultationsverfahren mit den hiesigen Nerzen werden wir zum gegebenen Zeitpunkt eine Entscheidung treffen. Meine innere Gewissheit sagt mir, dass es eine Lösung geben wird, die für die gesamte Hallig Bedeutung hat. Wir machen das alles in dem Geist, dass wir die Voraussetzungen dafür schaffen, dass wir es schaffen können und auch schaffen wollen.“

Bisamm wandte sich um und trabte wieder hinaus. Diese Sprache verstand er nicht und hatte auch keine Lust dazu.

Zita huschte hinter Bisam her und hielt ihn draußen auf. „Hast du gesehen, wie Sumpfhase stegnerte? Dann ist höchste Gefahr. Mach das nicht nochmal!“

„Was ist denn stegnern?“

„Das ist die Sprache aus Kiel. Wenn jemand eine Meinung äußerte, die einem Abgeordneten nicht gefiel, stegnerte der, also Mundwinkel herabgezogen so weit wie möglich. Der andere wusste dann sofort, dass er zur Schnecke gemacht und gefressen werden sollte. Sumpfhase zollte diesem Signal höchstes Lob. Das ist zielstrebiges Handeln, das mir gut gefällt, sagte er. Als wäre er eine Bisamratte … Also sei vorsichtig!“

„Ja, ja“, sagte Bisamm und rannte davon.

Rastlos und unglücklich streifte Bisamm auf dem Warfabhang umher. Angst hatte er nicht, aber Onkel Sumpfhase beunruhigte ihn auf eine Weise, die er sich nicht erklären konnte. Er roch nach Streit, aber Zita wagte nicht, ihm zu widersprechen.

Wühler war der einzige, der das tat. Nur einige der Bisammädchen aus dem Nachbarbau hatten ihm die Zähne gezeigt – es konnte aber auch eine Einladung gewesen sein, Bisamm war sich da nicht sicher, denn nicht alle hatten schon einen festen Partner. Er jedenfalls verabscheute Sumpfhase aus vollem Herzen.

In der Nähe der Burg war kein Zweibeiner zu hören oder zu sehen, deswegen wagte er es, jetzt noch bei Tageslicht unterwegs zu sein. Mutter Zita hatte ihn gewarnt, aber das ignorierte er.

Er blickte hoch, als er Flügelrauschen hörte. Vier Gänse flogen sehr niedrig über ihn hinweg und landeten am Nordufer. Eine kam zurück.

„Na, musst du nicht längst auf Stand-by schalten?“, erkundigte sich Tade.

Bisam blickte fragend.

„Oh, schlafen gehen. Ich wette, Mutter Zita achtet darauf.“

„Wir sind doch in der Nacht unterwegs.“ Bisam gab ein kleines gluckerndes Lachen von sich. Er merkte selbst, dass er anfing, mutiger zu werden. „Tagsüber nur, wenn alles sicher ist.“

„Ach so. Hast du Lust zu den anderen mitzukommen? Wir wollen noch schnell etwas Kleines wegsnacken, bevor das Wasser aufläuft. Paar Würmer, Muscheln … Du bist doch so scharf auf Muscheln.“

„Ich gehe ganz bestimmt nicht mit“, lehnte Bisamm in Erinnerung an ihren Streit ab. „Und deiner Mutter Branda möchte ich schon gar nicht begegnen.“

„Oh, keine Angst, wir sind lauter Jungvolk. Branda ist mit Legen beschäftigt.“

„Trotzdem, komm du mit mir. Ich habe etwas entdeckt.“

„Nein. Ich habe Hunger.“

„Dann eben nicht“, sagte Bisamm enttäuscht.

„Na gut. Zeig´s mir.“

Bisamm hoppelte voraus, bis er an der Westseite der Warf zu stehen kam. „Riechst du es?“

„Nö."

„Enten", sagte Bisamm, nicht zu abfällig. „Au! Was fällt dir ein?" Er zog seinen schmalen Schwimmschwanz mit einem Ruck unter Tades kräftigem Fuß mit den Schwimmhäuten hervor.

„Ich wollte dir nur zeigen, wie Riechen bei uns geht. Wir trampeln. Dein Fell riecht feucht und brackig. Und unter uns liegen Knochen. Keine Brandgans."

„Eine Bisamratte?"

Tade umschritt das fragliche Stück Erde, trampelte hier und da und schien mit schräggelegtem Kopf zu lauschen. „Im Leben nicht! Viel größer. Ein Fuchs vielleicht. Zwei lange Beine. Das ist ein Vogel. Ein Storch!"

„Ein Storch mit Vorderpfoten", ergänzte Bisamm sarkastisch.

Tade watschelte erneut herum, nachdenklich. „Kannst du Fleisch riechen?"

„Da ist keins."

„Dann sind es Uraltknochen. Wertlos. Uninteressant. Dann komm jetzt mit, Bis. Ich zeige dir, wo es Herzmuscheln gibt. Größer als deine beiden Vorderzähne zusammen, die du bitte von mir fernhalten solltest. Das Versteck kennt nicht jeder, liegt hinter einer Schilfinsel. Wenn wir uns beeilen, schaffen wir es noch rechtzeitig. Du musst nur ein Stückchen schwimmen."

Bisamm beendete das Abtasten seiner Schneidezähne mit einem Schlag. Dass sie sehr schön groß waren und möglicherweise sogar gefährlich wirkten, ging ihm jetzt erst auf. Er streckte sich zur vollen Länge. „Kein Problem. Meine gewöhnliche Art, voranzukommen."

„Dann Schwimmmodus! Chacka!"

„Läuft!", rief Bisamm stolz.

„Läuft! Also auf, ans Ufer."

Als Bisamm an der Nordkante anlangte, stand Tade schon auf der Schilfinsel im Meer, die sein Geheimversteck war. Bisam schwamm so pfeilschnell zu ihm hinüber, dass Tade erschrak, als er vor ihm hochschoss.

Tade richtete seinen Schnabel gen Nachthimmel und rief: „Wir singen gemeinsam: oans, zwoa, gschnecka!“, und stürzte sich dann mit dem Schnabel voran in das sandige Wasser, in dem die Herzmuscheln lebten.

Bisamm hatte sich den Bauch mit Muscheln so vollgeschlagen, dass er nicht sonderlich auf seinen Weg achtete. Gefährliche Gerüche lagen nicht in der Luft. Wohl aber der von Bisams.

Zibeth und Ondat standen vor der Röhre, durch die er in den Bau wollte, und blockierten den Eingang. Da die beiden zu der Familie im benachbarten Bau mit eigenen Eingängen gehörten, war ihre Absicht eindeutig.

Beide waren ein Stück größer als Bisamm, waren sie doch schon im Vorjahr geboren. Sie zeigten aggressiv ihre langen Schneidezähne und schienen zu frohlocken, dass sie Bisamm gestellt hatten. Ondat klapperte laut und stank, während Zibeth eine auffallend missmutige Miene zeigte. Er stegnerte ein wenig, so wie Zita ihm beschrieben hatte.

„Schon wieder die kleine Weißwurst“, stellte Ondat gemütlich fest.

„Ohne den Nestlingsschutz. Den hat er irgendwo auf dem Weg verloren.“ Zibeth lachte.

„Ihr tut bosshaft“, versetzte Bisamm kühl, obwohl er innerlich zitterte. „Plustert euch nicht auf, als wärt ihr alpha! Die Position besetzt schon Onkel Stinkhase.“

„Was?“, fragten beide unisono und vergaßen zu klappern und zu stinken.

„Und jetzt aus dem Weg!“, piepste Bisamm barsch. „Bevor ich meine Freunde, die Brandgänse, rufe. Die zwicken gerne in fremde Beine. Und trampeln Schwänze platt. Tade Brandgans ist in Rufweite. Und fliegt schneller als ihr schwimmt.“

Zibeth und Ondat warfen sich unsichere Blicke zu und wichen dann ganz langsam beiseite, um Bisamm hindurchzulassen.

In der Röhre empfing ihn Zita, die am ganzen Leib bebte. „Mach das nicht nochmal“, flüsterte sie. „Wenn die Beiden Sumpfhase hinzuholen, beißen sie dich zu dritt tot. Hoffentlich petzen sie ihm nicht, dass du ihn Stinkhase nennst.“

„Tade würde mich retten. Er ist mein Freund.“

„Er ist auch nicht immer da. Außerdem …“

„Außerdem?“

„Du solltest dich nicht gegen sie wehren. Du bist einfach anders… Du hast kein Recht dazu! Verstehst du?“ Mutter Zita holte tief Luft. Jetzt war es endlich heraus, was sie ihrem Sohn schon längst hätte auf die Seele binden sollen.

Am nächsten Abend standen Bisam und die Junggänse zusammen, als Branda anflog. Bisamm hatte vor ihr gerade keine Angst, weil er beschäftigt war. Er schloss die Augen und witterte. Wie eine familiäre Erinnerung schoss es ihm durch den Kopf: Nerz! Der für Bisams gefährlichste Fressfeind. „Nerz“, flüsterte er zitternd.

Branda wandte sich ihm interessiert zu. „Ein Hauch von Nerz? Dann sind Menschen in der Nähe. Manche Frauen stinken so, weil es ihren Männern gefällt. Hatten wir in der Schule auch.“

In diesem Augenblick ertönte ein scharfer Ruf: „Hannibal, hierher!“ Ein roter Dackel tauchte auf dem Ringdeich auf, dem eine Frau folgte. Als er die Gruppe am Warffuß erblickte, setzte er sich mit fliegenden Ohren in ihre Richtung in Bewegung.

„Hannibal ante portas“, quakte Branda freudig und hob ab, alle Brandgänse hinter ihr her.

Als einziger blieb Bisamm zurück und wusste nicht, wohin. Die nächstgelegene Einstiegsröhre würde er nicht vor dem Dackel erreichen. Er nahm seinen ganzen Mut zusammen und ließ seine Schneidezähne so bedrohlich klappern, wie er es nur vermochte.

Hannibal stutzte.

Was Dackel aßen, wusste Bisamm nicht. Aber alle Bisamkinder wurden von ihren Müttern gewarnt, weil die Menschen Bisamfleisch als Leckerbissen erachteten. Und sich gerne mit Bisamfell schmückten. Dann fiel ihm sein weißer Pelz ein, der ihn noch kostbarer machte, und er versteinerte vor Schreck. Schon konnte er den heißen Atem des Hundes verspüren, der ihn wie eine Dampfwolke im Gesicht traf.

„Hannibal, hierher!“, gellte die Frau. „Eine Ratte, pfui! Eine weiße Laborratte, die uns alle mit Pest ansteckt. Zurück!“

Hannibal guckte Bisamm verlangend an, bremste aber gehorsam ab und kehrte um. Als er Frauchen erreicht hatte, klopfte diese ihm erleichtert das Fell. „Brav. Ich werde mich beim Bürgermeister beschweren. Auch noch Kurgeld für Pestratten nehmen!“

Bisamm wagte langsam, wieder Luft zu holen und schleppte sich dann zum nächsten Eingang in den Bau. Diese Hallig war todgefährlich, er verstand Zita jetzt etwas besser.

In dieser Nacht schlief Bisamm seinen Schrecken auf weichem Heu und Schilf aus. Ganz allmählich dämmerte ihm, dass eines der Häuser in der Nähe nun von Feriengästen bewohnt sein musste. Mit einem gefährlichen Hund. Aber zum Glück würde Onkel Sumpfhase in seinen Konsultationsverfahren darauf hinweisen, dass Dackel zu Bisams freundlich sein müssten, und irgendeine Gewissheit erfahren oder ein Sein, wenn nicht sogar ein Sollen … Bisamm verlor im Traum den Faden.

Als er erwachte, war es hell, aber es hielt ihn nichts im Bau. Womöglich hatte er den Dackel nur geträumt.

Jedenfalls war von ihm keine Spur zu sehen und zu riechen, als Bisamm aus der Röhre schlüpfte und auf den Ringdeich sprang. Auf der Fenne unter ihm entdeckte er Tade, der neben einem Priel stand und sein Gefieder putzte. Bisamm rollte den Abhang hinunter, was ihm richtig viel Spaß machte, schwamm zu ihm hin und tauchte auf, gerade als Tade die Putzaktion beendete und den Kopf unter den Flügel steckte.

„Geh brüten. Ich chille", murmelte er schläfrig. „Hier ist Chill-Zone."

Bisamm sprang neben ihm ins Gras. „Na, gut." Er begann, die kurzen Haare auf seinem Schwanz akkurat nebeneinander anzuordnen. „Ihr habt mich gestern in Stich gelassen", beschwerte er sich.

„Kanack mich nicht an!" Tade wechselte den Flügel und gab vor, uninteressiert zu sein.

„Warum habt ihr Angst vor einem Dackel? Ihr seid geschützt!"

„Hackt's? Weiß das der Dackel?"

„Auf jeden Fall stand ich ihm plötzlich allein gegenüber. Und ihr wart zu sechst."

„Du versuchst, mich gegen die anderen aufzuganseln." Tade begann, mit dem Kopf zu pendeln. „Ich brauche was zum fooden", stellte er unvermittelt fest.

„Lenk nicht ab! Du musst nicht dauernd essen."

„Na, gut. Dann lass uns zu Branda schwimmen, wenn du dich traust. Du musst tauchen. Aber mit ihren klugen Sprüchen wird sie deine Laune heben. Wenn sie brütet, ist sie gegenüber Kindergartenkindern immer milde gestimmt."

5. Das Eierdebakel

Bisamm ging über Tades Frechheit hinweg und folgte ihm, als dieser in den Priel sprang, tauchte und in einer Röhre verschwand, deren Eingang unter Wasser lag. Eine seiner leichtesten Übungen.

Die Brutkammer lag nur zwei Bisamlängen hinter der Röhrenöffnung und natürlich oberhalb der Wasserlinie wie bei den Bisams auch. Aber eng war es! Und es roch seltsam! Ein bisschen nach Mensch, ein bisschen nach Nerz, ein bisschen nach Dackel und eigenartigerweise ein bisschen nach Onkel Sumpfhase. Moschus. Wie sollte er denn hier gewesen sein!

„Zu Hilfe! Spartaner!", schrie Branda aufgebracht, als Bisam sich neben Tade schob. „Und glotz nicht so romantisch! Ein pelziges Dunenküken wie du hat in einer Eier-Dynastie nichts zu suchen."

„Aber Mutter! Ein junger Bisam ist mindestens so knutig wie frischgeschlüpfte Gössel. Er hat mehr Weiß an sich als ein Dunenküken!"

„Still jetzt! Keine honigsüße Rede! Ich brüte. Das braucht Konzentration."

„Genau!", echote Bisamm und drängelte sich vor.

„Ich kann dieses aktive Anstehen nicht ausstehen", murrte Tade und fügte sich erstaunt.

„Warum riecht es hier nach Mensch", fragte Bisamm empört.

„Es war gerade einer hier. Na, und? Sie bauen uns die Nester und sehen auch sonst nach dem rechten."

„Wie kannst du einen Menschen hier reinlassen. Sie stehlen Pelze, Fleisch und wahrscheinlich auch Eier! Hast du nachgezählt?“

„Wozu? Ein Glück, dass endlich einer kam und Eier mitnahm“, seufzte Branda erleichtert und ruckte sich zurecht. „Ich saß hier auf fünf Lagen von Eiern. Die habe nicht alle ich gelegt. Hier kommen Fremde herein und legen und legen. Und erwarten von mir, dass ich ihre Brutarbeit erledige. Siehst du, Bisamm, hier ist noch eines mit einer gesprenkelten Schale. Nicht von mir. Ich kleckse doch keine Flecken auf meine schön weißen Eier!"

„Mutter Branda, dieser Mensch stiehlt dir auch noch die falschen Eier“, wandte Bisamm höflich ein. „Begreifst du es denn nicht?“

„Als die Bisams frech geworden …“

Branda flötete mal wieder entzückt einen passenden Spruch, vermutete Bisamm und gab auf. Sie wollte nicht verstehen.

„Wann schlüpfen denn die Nachgeburten?“, erkundigte sich Tade sachlich.

„Ich weiß nicht“, gab Branda bekümmert zu. „Ich höre nichts.“

„Sitzt du vielleicht auf toten Eiern, Mutter?“ Tade begann erregt vor und zurück zu schaukeln, soweit der Platz es zuließ. Bisamm duckte sich.

„Vielleicht.“ Branda guckte melancholisch in die Höhe, dort wo der Deckel über ihrem Nest nicht ganz dicht schloss und etwas Licht hereinließ. „Gestern lebten sie noch. Aber als ich zurück aufs Gelege wollte, kam mir in der Röhre ein Bisam entgegen. Und gelber Dotter.“ Sie brach in betrübtes Quaken aus.

„Du etwa?“, fragte Tade und öffnete schon den Schnabel, um Bisamm zu beißen.

Bisamm schüttelte heftig den Kopf. Er aß keine Vogeleier. Aber er wusste, es gab Bisamratten, die es taten. Ganz wenige.

Tade schubste Bisamm beiseite und wandte sich wieder an seine Mutter. „Wie sah er aus?“

„Grau wie ein Herbststurm“, seufzte Branda. „Von Kopf bis Fuß. Schwimmborstenfüße. Nackter Schwanz.“

„Da gibt es doch diesen alten Zausel…“, erkannte Tade mit drohender Stimme.

Der friedensstiftende Onkel Sumpfhase! Bisamm stellten sich die Nackenhaare. So ein Schurke! Er musste Tade wohl oder übel recht geben.

„Alles gackert, aber wer will da noch still auf dem Nest sitzen und Eier brüten“, zitierte Branda leise und erhob sich.

„Ja“, stimmte Tade entschlossen zu und knuffte Bisamm vor sich her in die Röhre. „Du hast recht, Branda. Das gibt Krieg. Raus hier! Schneck´ gefälligst nicht so dahin, Bisamm!“

Tade trampelte Bisamm in der Hast auf den Schwanz, aber Bisam schwieg, er wollte seinen Freund nicht noch mehr verärgern. Als sie draußen waren, sah Bisamm Tade nach, als dieser abhob und irgendwo über dem Grünland verärgerte Laute ausstieß.

Bisamm war noch nicht in die Burg abgetaucht, als der Wind von einigen paar Schwingen ihm den Pelz in die Höhe blies. Tades Freunde landeten, schlossen einen Kreis um ihn und rückten dicht an ihn heran. Er versteinerte vor Schreck, als würde er in die Augen eines Uhus blicken. In viele Uhuaugen.

„Diese frechen Felltiere klauen unsere Eier! Und essen sie!“ schnatterten sie durcheinander. „Wir hacken ihnen die Schwänze ab! Wir landen auf ihren Rücken und drücken sie unter Wasser! Wir klopfen ihre Schnauzen platt!“

Ein gemischter Geruch nach Schlamm, Borstenwürmern und Algen waberte um Bisamms Nase. Er duckte sich immer tiefer ins Gras. Die einzigen Freunde, die er hatte, zumindest diejenigen, von denen er es glaubte, hatten ihn zum Feind erklärt.

„Was ist, wenn sie anfangen, uns aus unseren Nestern zu werfen? Wir haben nicht mehr viele. Die Menschen graben uns jedenfalls keine neuen mehr“, warf eine Gans hitzig ein.

„Genau! Aber das tun sie schon seit Jahren nicht mehr. Ich glaube, die holen sich die Eier woanders.“

„Ja, das stimmt. Auf dem Festland gibt es Eiervorräte, die sie in Kisten mitbringen.“

Bisamm hätte ihnen gerne erzählt, dass die Brandgansnester für Bisamratten unbrauchbar waren. Wo sollten die Nestlinge, die die ersten vier Wochen in den Burgen blieben, bei Landunter denn hin? Ihre eigenen Burgen hoben und senkten sich mit dem Wasserspiegel. Bisams waren keine Gefahr für Brandgänse. Mit Ausnahme von Onkel Sumpfhase, vielleicht. Aber er selber hatte kein Mitspracherecht bei den Gänsen. Außerdem war seine Kehle wie zugeschnürt.

Tade klopfte mit dem Schnabel auf die Erde. Der Tumult legte sich. „Mutter spricht.“

Branda flatterte mit den Flügeln und erhob sich etwas, um auf die Köpfe hinunterblicken zu können. „Ich denke, wir sollten den Bisamratten erklären, dass Eier kein Freiwild sind. Schließlich sind sie noch nicht lange wieder hier und wissen es nicht besser.“

Bisamm nickte erleichtert.

„Einer Ratte kann man nichts erklären“, gab ein junges Männchen kriegerisch schrill von sich.

Bisamm fuhr zusammen. Der Kerl pfiff nicht laut, aber misstönend, als wollte er zum Angriff blasen.

„Keine Ratte, Kasarkas. Eine Maus!“, beschwichtigte Branda ihn.

„Eine Riesenmaus. Kaum Gehirn, große Zähne. Sie kann dir die Kehle durchbeißen!“

Branda ließ ein leise tadelndes Schnabelklappern hören und betrachtete den Jungvogel, der bereits Zeichen seiner Mauser trug, mitfühlend. „Tut sie nicht, Kasarkas. Sie zerbeißt Schilfstengel, keine Kehlen.“

Woher wusste Branda dies alles? Sie war noch viel gebildeter, als Bisamm geahnt hatte. Aber einfältig.

„Ja, Bisamm", meldete sich Tade ernst. „Wenn Mutter Branda den Mord an einem noch nicht geschlüpften Dunenküken so nachsichtig beurteilt, bist du an der Reihe."

„Ich?"

„Ja, du. Du wirst eurem Grauschwanz …"

„Onkel Sumpfhase", verbesserte Bisamm.

„Du wirst deinem Onkel Sumpfhase erklären müssen, dass hier keine Eier gestohlen werden. Wenn er das nicht begreift, wird er fühlen müssen. Wir können auch anders!"

Bisamm wusste, dass er für den Augenblick sicher war. Aber wieder war er wütend und ratlos. Er bahnte sich den Weg durch die Brandgänseschar, von der keine einzige zu einem kleinen Schnabelhieb oder einer anderen Gemeinheit ausholte, und rannte blindlings los. Immer in gleicher Höhe um die Warf herum. Über kurz gemähtes Gras, unter Stacheldraht hindurch, an Holzpfosten vorbei, fast wäre er in ein blechernes Wassergefäß gestürzt, über einen Steig aus grauem, harten Stein und wieder über Gras.

An einer Stelle wehte ihm zwischen zwei Häusern hindurch ein ekelhafter Geruch entgegen, aber er hatte kein Bedürfnis, dem nachzuschnuppern. Bloß weg von hier. Ans Nordufer, um was wegzumuscheln? Da hätte er aber an den Gänsen vorbeilaufen müssen. Das war riskant. Tade war nicht überall.

„Hannibal", flötete die Frau, die eine so unangenehm riechende Wand von Nerzgeruch vor sich herzuschieben pflegte. Da war der Dackel ja noch eher zu ertragen. Noch war sie irgendwo zwischen den Häusern und unsichtbar, aber Bisamm gab Fersengeld.

Schließlich erreichte er von der anderen Seite her wieder den Fething, in dem die Burg lag, und schlüpfte dankbar in die Sicherheit der Röhre.

„Jedem Mann ein Ei!“, hörte Bisamm. Sumpfhase war offenbar schon bei diesem grässlichen Thema, das Bisamm gerne noch ein paar Stunden vor sich hergeschoben hätte.

Papa Wühler schob sich Bisamm entgegen, schnaubend vor Wut. „Geh nicht rein“, riet er, als er Bisamm erkannte. „Sumpfhase kennt nur drei Themen, mit denen er alle anderen täglich überschüttet: Die Eroberung der Hallig und sein Lieblingsfutter. Dazu die von ihm erfundenen Straßennamen: Die brauchte er vielleicht in Kiel, um vom Abgeordnetenwohnhaus zum Futterplatz zu finden. Aber hier doch nicht!“

„Ich weiß nur vom Sumpfhasenboulevard“, bekannte Bisamm, der zu Recht vermutete, dass er schon etliche Ansprachen des Onkels verpasst hatte.

„Es gibt inzwischen auch eine Hamsterpromenade“, knurrte Wühler. „Keiner braucht so etwas! Aber mein Sohn Hamster sonnt sich in der Aufmerksamkeit, die ihm von Sumpfhase zuteilwird. Demnächst wird er sich für den Onkel noch zum Wadenbeißer entwickeln, wenn einer nicht spurt. Pass auf deine Waden auf.“

Bisamm staunte. Wühler sprach sich selten anerkennend über seine Kinder aus. Aber diese warnende Mahnung konnte er als Lob für sich verstehen. „Warum bist du eigentlich nicht in der Versammlung?“

Wühler dachte einen Augenblick nach. „Ich will offen zu dir sein“, sagte er dann. „Sumpfhase hat das Sagen über die Sippen übernommen, kurz vor deiner Geburt. Er machte seine vielfältigen Kenntnisse vom Abgeordnetenwohnhaus in Kiel geltend, behauptete, er kenne alle Tricks, mit denen man Feinde aus dem Bau jagen kann, und er wäre sogar in einem Kasten namens Paternoster gefahren, ohne entdeckt zu werden. Das seien alles moderne Kenntnisse, die für eine Bisamgesellschaft nützlich ist. Da haben die Sippen ihn als Sprecher und Führer gewählt.“

„Und du, Vater Wühler?“, erkundigte sich Bisamm beklommen.

„Nichts weiter. Aber man meidet mich, manche sehen sich um, ob Sumpfhase oder seine Zuträger in der Nähe sind, bevor sie mich ansprechen, wenn überhaupt."

Bisamm wusste gar nicht, was er dazu sagen sollte. Trost gab es nicht, und Wühler wollte bestimmt kein Mitleid von seinem Sohn. „Ich muss rein", sagte er gedämpft. „Habe einen Auftrag von den Brandgänsen bekommen. Und wenn ich den nicht erfülle, zwicken die mich in die Waden."

„Viel Glück, mein Sohn. Zwischen Freund und Feind zu sitzen, ist nicht angenehm."

„Vor allem dann nicht, wenn man nicht weiß, wer Freund und wer Feind ist", bemerkte Bisamm unglücklich.

„Ich weiß es auch nicht mehr", stimmte Wühler zu und entschwand nach draußen.

6. Bisams und Bisaminnen

„Wir sind auf einem guten Weg“, behauptete Onkel Sumpfhase mit erhobener Stimme, gerade, als Bisamm sich von Vater Wühler verabschiedet hatte. „Vor allem, was die Festlegung von Straßen- und Wegenamen angeht.“

„Was ist denn der neueste Beschluss, Onkel?“, rief Hamster begierig.

„Rate mal, Hamster, mein Sohn“, sagte Sumpfhase. „Na, ja, das ist zu schwierig für dich. Also: Zita-Chaussee zu Ehren deiner Mutter.“

„Oh, oh“, stammelte Zita überwältigt und sah sich in der Menge der Bisams um, um jeden einzelnen der schmeichelhaften Blicke ihrer Schwestern im Geiste einzufangen. „Das habe ich doch gar nicht verdient.“

„Doch, doch“, bestätigte Sumpfhase gönnerhaft. „Wir Männer haben auch dafür zu sorgen, dass unsere Mütter, die sich tagtäglich aufopfernd um die Kleinen sorgen, die richtige Anerkennung finden. Sie gehören auch zu unserer Gesellschaft, und deshalb wollen wir sie ab heute Bisaminnen nennen.“

Die Bisamrättinnen schmetterten vor Begeisterung über dieses Zugeständnis ihre Schwänze so heftig auf den Boden, der aus Schilf und Gras bestand, dass dieser zu schwanken begann.

Nur ihre Brüder und Söhne interessierte es weniger. Einige begannen sich zu putzen, andere steckten die Schnauzen zusammen, vielleicht, um etwas auszuhecken oder um sich komische Erlebnisse zu erzählen. Mosca gab sich besonders uninteressiert.

„Bisamm!"

Er stand ganz hinten in der letzten Reihe und wurde durch die scharfe Ansprache von Sumpfhase aus seinen Gedanken gerissen. Tadel dieser Art war nicht üblich. Eigentlich genoss er noch ein bisschen Nestlingsschutz. Aber er stellte sich dem Onkel.

„Du bist mit der Ehrung deiner Mutter nicht einverstanden?"

„Doch, natürlich", beeilte sich Bisamm zuzustimmen. „Ich überlegte nur gerade, wer diese wir sind, von denen du sprichst."

Sumpfhase stand augenscheinlich kurz vor einem Wutausbruch. Seine Zähne ratterten bereits leise, und er sandte eine kriegerische Wolke von Moschus über die Gemeinde, um zu unterstreichen, wer das Sagen hatte. „Willst du damit etwa andeuten, dass du bezweifelst, dass es ein wir gibt?"

Genau das! Aber Bisamm wagte nicht, laut darauf hinzuweisen. Wen sollte das wir schon meinen? Vater Wühler etwa, der sich durch Sumpfhase entthront sah, oder die Nachbarn vom Bau nebenan, Zibeth und Ondat vor allem? Bei allen erwachsenen Bisammännern hatte Bisamm schon frische Bisswunden gesehen. Nein, Sumpfhase musste sich selbst meinen.

Er spähte unauffällig in die Runde. Die Bisaminnen machten angesichts seiner ungehörigen Frage schon böse Gesichter, klappten die Ohren ein wie beim Angriff auf eine Wasserschnecke und schabten kampflustig mit den Grabekrallen auf der Schilfunterlage. „Nein", sagte er verlegen.

Nicht einmal Zita stand auf seiner Seite, er sah es ihr an. „Bisamm, habe ich dich so erzogen?", fragte sie in vorwurfsvollem Ton, und alle nickten, ebenso entrüstet.

Am liebsten wäre Bisamm aus dem Bau gestürzt. Aber es ging nicht. Er hatte einen Auftrag zu erfüllen.

„Warum bist du überhaupt so spät zur Versammlung gekommen, Bisamm?"

Sumpfhase schoss sich auf ihn ein, jetzt, da der ganze Clan hinter ihm stand. Bisamm wand sich innerlich. „Die Brandgänse haben mich aufgehalten", sagte er schließlich.

„Die Brandgänse, so, so."

Auch das hörte sich wie ein Tadel an. „Ja, Branda Leighanne, die Legehenne, hat entdeckt, dass ihr Eier abhandenkommen, und sie war sehr aufgebracht darüber."

„Das glaube ich gerne. Aber es steht nicht in unserer Macht zu wissen, wie viele Eier sie legt. Wir üben jedenfalls bedingungslose Solidarität mit ihren Eiern."

„Wie meinst du das?", fragte Bisamm verblüfft.

„Sie schmecken gut, wirklich", antwortete Sumpfhase zerstreut. Er hatte sich aufgerichtet und tupfte nachdenklich acht scharfe, lange Krallen gegeneinander, die sich weiß von den braun behaarten Vorderpfoten abhoben.

Ob Sumpfhase gar nicht mehr wusste, was er tat? Überlegte er, ob er es gewesen war? Bisamm konnte es bestätigen. „Das, Onkel Sumpfhase, sagtest du schon. Es besteht der Verdacht, dass du der Eierdieb bist."

Ein ungläubiges Raunen erhob sich unter den Bisamratten. Zita klatschte strafend ihren Schwanz auf den von Bisamm.

Sumpfhase blieb als einziger unbeeindruckt. „Es sind zu viele von ihnen auf der Hallig. Aber sie sind nun mal da. Man muss darauf einwirken, dass nicht noch mehr schlüpfen. Das gehört zu meinem Plan."

„Welchem Plan, Onkel?", schrie Hamster, schier berstend vor Begeisterung und Tatendrang.

Sumpfhase lächelte nachsichtig. „Gemach, Hamster. Ich werde jedenfalls nicht ruhen und rasten, bevor ich die Brandgänse von einer halligweiten Lösung überzeugt habe. Wenn wir mutig sind und vorangehen, gibt es eine."

Bisamm drängte sich nach vorn durch, bis er unmittelbar vor dem Heuhaufen stand, auf dem Sumpfhase thronte. Auch er richtete sich entschlossen auf. „Noch sind die Brandgänse friedlich, Onkel. Aber sie erwarten deine Erklärung, dass es zu keiner Wiederholung kommt. Immerhin ist Branda durch das Eigelb ihres breitgetretenen, ungeschlüpften Nachwuchses gewatet, nachdem du das angebissene Ei hinausgeschleppt hattest."

„Getretner Quark wird breit, nicht stark", entgegnete Sumpfhase, dessen Schnurrhaare vibrierten. Ein Zeichen von zu Ende gehender Geduld mit Bisamm. „Brandgänse haben von uns nichts zu erwarten. Mir scheint eher, die Situation erfordert friedenserzwingende Maßnahmen."

„Du meinst Krieg gegen die Brandgänse!"

„Meine ich das? Nein, nein! Wir führen keine Kriege. Aber wir sind aufgerufen, eine friedliche Lösung notfalls gewaltsam durchzusetzen. Zum Vorteil für alle, die hier leben."

„Gegen wen setzen wir was gewaltsam durch?" Bisamm war jetzt so aufgeregt, dass er jede Zurückhaltung gegenüber den Älteren und insbesondere Onkel Sumpfhase aufgab. Er verlangte Rechtfertigung.

Auch Sumpfhase verlor die Contenance. „Da sind Heuschrecken am Werk!", keifte er. „Wir müssen die Schädlinge vertreiben!"

„Welche?"

„Ameisen, Gänse, Heuschrecken, Nacktschnecken …" Ihm ging die Puste aus.

Bisamm barst fast vor Wut. Er drehte sich um, trampelte versehentlich einen kleinen Bisamjungen der nächsten Generation nieder und rauschte, ohne sich zu entschuldigen, hinaus.

„Es gibt kein Patentrezept", rief Sumpfhase in versöhnlicherem Ton hinter ihm her. „Am besten lassen wir einstweilen alles wie es ist, dann verärgern wir niemanden."

Zum zweiten Mal an diesem Tag galoppierte Bisamm um die Warf, die trockene Erde dröhnte fast unter seinen Füßen, aber er brauchte unbedingt Bewegung. Wenigstens dämmerte es schon und war nicht sonderlich gefährlich. Schwäne sichtete er wieder nicht.

Aber der Geruch, den er bei seinem ersten Gewaltlauf schon bemerkt hatte, war inzwischen zum Gestank geworden. Der war so übel, dass er sich gezwungen sah, ihm nachzugehen. In einer Gegend mit solchem Gestank mochte niemand wohnen.

Er stoppte abrupt und nahm Witterung auf. Der Geruch führte ihn zwischen die Häuser. Aus den Häusern kam er jedoch nicht. Hingegen aus einem viereckigen Gebilde, das aus Backsteinen aufgebaut war. Ein kleines Haus für menschliche Nestlinge?

Das schien ihm jedoch weniger wahrscheinlich, denn hinter dem Gestank verbarg sich der Geruch von Wasser. Altem Wasser. Bisammütter hoben ihre Kleinen auch nicht im Wasser auf. Er entschloss sich, dem in den nächsten Tagen nachzugehen, wenn er weniger aufgeregt war. Jetzt schlappte er erstmal erschöpft zurück zur Burg.

Bisamm war gerade auf dem höchsten Grat der Deichkrone angekommen, als er ein Fauchen hörte und anschließend das Schnabelknappen einer Eule, das Zita ihm inzwischen beschrieben hatte. Er drehte sich um sich selbst und sah nur einen grauen Schatten auf sich zu rauschen, darin ein gefährlich orange leuchtendes Augenpaar. Eine Waldohreule! Er war so gut wie tot.

Er hatte sich schon in sein Schicksal gefügt und schloss die Augen, als neben ihm etwas ins Gras plumpste.

„Was hast du für Problem? Bissu Ratte oda was?“

„Nein: bissu keine Ratte oda was!“, quiekte Bisamm in höchster Angst. „Bissu Bisamm. Kleine Maus.“

„Hör mal: Bleib flauschig.“

Diese Sprache kannte Bisamm. Er beruhigte sich etwas, öffnete vorsichtig ein Auge und spähte zur Seite, während er gleichzeitig nach dem Greifvogel lauschte. Dessen Anflug war lautlos gewesen, und er hatte ihn abgebrochen. Jetzt rüttelte er irgendwo über der nächsten Weide und beobachtete ihn und den neuen Feind. Das tat Bisamm auch. Neben ihm saß ein schwarzer Vogel, wie er ihn noch nie gesehen hatte. Kein Feind.

„Die Eule tut dir nichts, wenn ich dabei bin", versicherte er. „Ich bin ein Kampfhahn."

„Die weiß aber, dass ich eine Maus bin", sagte Bisamm verzagt. „Und sie lauert. Hörst du es?"

„Klar. Macht nichts. Gib dich als Ratte aus! Diese Sorte Eulen frisst nur Mäuse und Singvögel. Du bist keine Maus und ich kein Singvogel. Ganz einfach."

„Wie denn?"

„Haare sträuben, Barthaare vibrieren lassen, Ohren senkrecht stellen und Schwanz nach oben fahren. Wenn die Eule heranrauscht, springe ich, und du klapperst mit den Zähnen!"

Bisamm nickte zweifelnd.

Die Eule brauste heran. „Attacke!", hackte der neue Gefährte heraus und sprang in die Höhe. Bisamm ließ die Zähne rattern, dass es über die Hallig hallte.

Der Feind strich die Flügel. Endgültig.

7. Das Ansingen

Bisamm öffnete auch das zweite Auge, legte den Schwanz wieder ordentlich hinter sich und bürstete sich schnell glatt. Noch war er außer Atem. Aber die Eule war fort, und allmählich glaubte er dem schwarzen Helfer, der wie ein Huhn aussah, dass er in der Vogelwelt ein anerkannter Krieger war. „Danke, du hast mir das Leben gerettet."

„Oh, gerne immer wieder."

Bisamm überging das freundliche Angebot. „Wer bist du, wenn ich fragen darf." Immer höflich sein, pflegte Mutter Zita zu sagen. Und gegenüber einem Kampfhahn empfahl sich dies unbedingt.

„Ralle, natürlich. Ralle, Gemeines Teichhuhn. Will sagen: Teichhahn."

„So, so", murmelte Bisamm, weil es ihm vorübergehend fast die Sprache verschlug. Das fehlte ihm noch! Gemeinheiten hatten sie hier schon genug.

„Und du? Wer bist du?"

„Bisamm, wie gesagt."

„Und warum bist du weiß?"

„Ich bin so, wie ich eben bin."

„Ich kenne deine Sorte. Nur sind die immer braun oder schwarz."

„Ja, stimmt", seufzte Bisamm.

„Shit happens", meinte Ralle mitfühlend, um sogleich munterer fortzufahren. „Ich weiß wo dein Haus tut wohnen, jah."

„Ja, mein Haus wohnt im Fething", gab Bisamm voller neuer Zweifel zu. Am besten war es vielleicht, Ralle nicht zu widersprechen.

„Eben. Meine Mutter Galla Teichhuhn richtet sich auf eurem Bau gerade ihr Nest ein. Wir sind mit der ganzen Sippe hierher umgesiedelt. Zu uns gehören mein Vater Chloropus und meine Brüder Grünbein und Taiga. Du wirst sie ja alle noch kennenlernen."

„Ja", sagte Bisamm überwältigt. Abgesehen von den seltsamen Ausfällen in der Sprache war Ralle ganz normal. Normal wie ein Teichhahn wahrscheinlich.

„Isch geh Teich."

Bisamm folgte ihm, beobachtete, wie Ralle auf die schwimmende Burg sprang, auf der bereits ein Teichhuhn saß, das vermutlich Galla war, und tauchte dann durch den Gang in den Bau.

„Mutter!", rief er, noch in der Röhre, lief dann aber weiter einen Gang entlang, da sie nicht antwortete, und landete schließlich in der Mutterhöhle, wo ein Jungtier wie er eigentlich nichts mehr zu suchen hatte. „Ein Schwanenpaar stand nicht zur Verfügung, aber ein Kriegshuhn, ich meine, ein kriegerisches Teichhuhn mit mehreren Hähnen ist gerade eingezogen."

„Ich habe schon gemerkt, dass wir stürmischen Seegang haben", antwortete Zita, die nach dem Säugen gerade einen Kleinen sauberleckte. Wieder braun, nicht weiß.

„Schaukeln beruhigt die Nachgeburten, soviel ich weiß."

„Soll das eine Kritik daran sein, dass wir die Nachgeburten aufessen?", fragte Zita scharf. „Das ist Vorsorge!"

Bisamm wich erschrocken zurück. „Nein, wieso denn? Außerdem kugeln sie da doch rum." Er wies auf die kleinen Fellbündelchen, die seine nachgeborenen Geschwister waren. „Bei den Brandenten heißen die Jüngeren Nachgeburten."

„Dies sind keine Brandenten", schnappte Zita. „Und pass du auf, dass aus dir keine wird."

„Nein, bestimmt nicht“, beteuerte Bisamm und schlich davon. Irgendwie gab es gravierende Unterschiede zwischen Bisams und anderen, die er aber noch nicht so richtig begriffen hatte.

Ohnehin hatte er seinen Platz noch nicht gefunden. Alle waren gegen ihn. Bedrückt hockte er sich auf die Teichkrone und starrte in die Runde, ohne etwas zu sehen. Nur aus dem Augenwinkel nahm er eine Bewegung wahr.

„Na, Alter“, rief Ralle vom Nest aus, an dessen Kante er hockte. „Fresslähmung?“

„Ach, woher“, antwortete Bisamm melancholisch.

„Dann arm am Beutel, krank am Herzen“, vermutete eine zweite Stimme.

Bisamm sah überrascht hin. Galla? Jedenfalls noch ein Kampfhuhn.

„Chloropus, mein Name“, stellte der Neue sich vor und machte einen höflichen Kratzfuß. „Ich bin Gallas Ablösung.“

„Wobei?“, fragte Bisamm erstaunt.

„Beim Brüten. Sie fängt aber erst an mit Legen.“ Er wandte sich an das Huhn, das mitten in einem Gewirr von Halmen und Wasserpflanzen saß. „Galla, es wird Zeit für dich. Neunzehn Uhr.“

„Woher willst du das wissen?“, fragte Galla verärgert. „Ich will mich erst einleben.“

„Gefühlssache. Ab zweiundzwanzig Uhr hast du ja frei, also klage nicht. Dann kannst du dich für das Legegeschäft stärken.“

„Bin kräftig genug!“

Welch unterhaltsame Gesellschaft, diese Hühner! Bisamm gewann allmählich seine gute Laune zurück. Er wunderte sich nicht, als es einen leisen Luftzug gab und neben ihm Tade landete.

„Geile Party hier!“, rief er begeistert. „Da wollen übrigens noch zwei dran teilnehmen. Sie schleichen sich gerade an.“

„Ondat und Zibeth?“, fragte Bisamm ahnungsvoll und unterdrückte ein Zittern.

„Klar. Ein Brauner, ein Schwarzer. Sie denken, man sieht sie nicht.“

„Fischköpfe“, urteilte Ralle verächtlich. „Kaum zu glauben, dass die zu deiner Verwandtschaft gehören, Bisamm.“

„Nur entfernt“, beteuerte Bisamm. „Und die haben in der Familie noch schlimmere.“

„Gibt´s überall“, meinte Tade gleichgültig. „Gehst du mit ans Wasser, Schnecken checken, Bisamm? Und du, Ralle?“

„Keine Lust. Wir sind heute weit geflogen.“

„Du, Bisamm?“

„Nein, nein.“ Bisamm schüttelte energisch den Kopf. Das fehlte ihm noch. Tade konnte davonfliegen, wenn ihm danach war, und zwischen ihm selbst und der Warf lauerten Ondat und Zibeth.

„Er hat richtiges Eierflattern, wenn er die beiden sieht“, erklärte Tade der Familie Kampfhuhn ohne Rücksicht auf Bisamms Gefühle. „Hat Mutter Branda auch, seitdem Sumpfhase ein Ei geraubt hat.“

„Weißwurst, komm runter zu uns! Oder bist du zu feige?“, erscholl es wie ein Echo vom Warffuß hoch.

„Das war Ondat“, erkannte Bisamm tonlos.

„Krawallbürste!“, schimpfte Tade laut zurück.

Ihm antwortete ein zweifaches Hohngelächter.

„Ey alda, isch machen disch Kartoffelpuffa“, schrie Ralle ernstlich erzürnt.

„Ralle“, mahnte Chloropus sanft. „Dieser ungezogene Bisam kennt vielleicht keine Kartoffelpuffer.“

„Schluss mit dem Gefasel, hier sind Taten gefordert“, entschied Galla energisch und flog vom Nest auf.

Trotz Dämmerlicht konnte Bisamm verfolgen, wie Galla am Teichfuß landete, wo die beiden Feinde zu vermuten waren. Hackgeräusche folgten, lautes Quietschen von Ondat, dann stoben die beiden in Panik auseinander und fanden vermutlich irgendwann einen Eingang in ihre Wohngänge.

Galla landete kurz danach in ihrem Nest, strich sich das Gefieder glatt, ruckte sich zurecht und legte ein erstes Ei.

„Die tun dir nichts mehr, Bisamm“, versprach Chloropus. „Die sind in Zukunft vorsichtig. Ich habe dir ja unsere Arbeitseinteilung erklärt. Einer ist im Dienst, der andere hat Zeit, Möwen, Eulen und Spinat zu bekämpfen. Ondat und Zibeth eingeschlossen.“

Am nächsten Morgen – es war noch nicht richtig hell – huschte Bisamm durch die Gärten der Warf, erfreute sich an den Düften und naschte hier und da. Plötzlich warnte ihn ein schabendes Geräusch am kleinen roten Häuschen neben der Topinamburplantage. Er schlich hin und schaute vorsichtig um die Ecke. Stand da nicht ein Zweibeiner aus dem Ferienhaus und grub Topinambur aus? Seine Topinambur! Die Frau. Seine Vorsicht verließ ihn.

Vor Empörung sprang er vor und geriet dabei mitten in eine raschelnde Lilienpflanze.

Die Frau musste Ohren wie eine Eule haben. Sie drehte sich um, und natürlich fiel ihr Blick auf einen weißen Bisam zwischen grünen Blättern.

„Na, du“, sagte sie freundlich. „Auch Hunger?“

Bisamm wagte vor Angst nicht, sich zu äußern und auch nicht, wegzulaufen. Aber als sie eine Knolle sachte zu ihm hinrollte, konnte er nicht widerstehen und begann auf der Stelle, an ihr zu nagen. Immer mit einem wachsamen Auge auf die Frau, natürlich. So sah er, dass sie einer mutigen Amsel einen Regenwurm hinhielt, mit dem diese davonhüpfte, um ihn allein zu essen.

Offenbar war die Frau ungefährlich, und andere hatten es bereits bemerkt.

Später hockte Bisamm satt vom ausgiebigen Frühstück auf dem Ringdeich, Ralle neben sich. Der machte eine finstere Miene.

„Was siehst du mich so an? Bist du hungrig?" Bisamm wurde es unbehaglich. Er dachte an die aggressive Brandgansschar zurück.

„Hast du wieder Angst? Vor mir?"

Bisamm wollte es nicht zugeben. Stattdessen holte er zu einer Erklärung aus. „Noch nicht lange her, da rückten Tades Freunde an mich heran, ganz eng, bis sie einen Kreis um mich gebildet hatten, und quakten und schimpften, was das Zeug hielt."

„Das war Ansingen", diagnostizierte Ralle. „Musstu aufpassen. Wenn die in Fahrt kommen, klauen die dir noch das Schwänzchen. Machen wir Teichhühner nicht."

„Schwanz", verbesserte Bisamm würdevoll und beruhigte sich. „Und warum wirkst du nun so streng?"

„Ich denke nach."

„Hoffentlich nicht über mich."

„Doch. Tade hat recht. Du wirkst schon von weitem wie ein Angster. Wir müssen aus dir einen Gangster machen."

„Was ist ein …"

„Angster ist Angsthase, in deinem Fall ein Angstbisam", warf Ralle hinterher. „Es ist dein weißes Fell. Das macht dich so fluffich. Dich möchten vermutlich sogar Otter und Füchse knuddeln, bevor sie dich fressen."

„Ja, vielleicht", gab Bisamm schuldbewusst zu.

„Lass mich mal brainen."

Das konnte Bisamm gut zugestehen, weil er nicht wusste, was das war.

„Wir müssen dich aufsupern. Ich schlage eine Frisur mit Haarkamm vor. Ich glaube, du würdest richtig gefährlich aussehen."

„Wirklich?" Das würde Bisamm gerne. Mutter Zita würde aufhören, an ihm herumzuzupfen und sein Haarkleid zu ordnen. Zumal die Neuen ja schon da waren.

„Ja, bestimmt. Lass uns gleich an die Arbeit gehen."

8. Bedeutungsvoller Sumpfhase

Ralle hackte unbekümmert auf Bisamms Kopf ein, knipste Haare seitlich einer Mittellinie aus und verbreiterte diese im Nacken. Bisamm litt mit geschlossenen Augen.

Endlich hörte Ralle auf. Bisamm wagte gar nicht, die Augen zu öffnen, erst recht nicht, als er das vertraute Flügelrauschen von Tade hörte.

„Nanu, du bist ja richtig trashig!“, schrie Tade begeistert.

„Er war einfach zu bewollt“, erklärte Ralle, während er um Bisamm herumschritt, „ein Dunenjunges nimmt doch niemand ernst.“

„Genau! Dunenküken sind underdogs“, bestätigte Tade und folgte Ralle. „Jetzt kann Bisamm dem Stinkhasen die Stirn bieten. Du bist eine gute Pute, Ralle.“

„Laber nicht, Tade, ich bin doch kein Zweibeiner.“

„Doch, absolut.“

Ralle blickte an sich hinunter. Zwei giftgrüne Beine mit einem sportlichen roten Band. „Na, ja, wenn man sie so durchzählt“, gab er zu.

„Ich wusste doch, dass du nicht zählen kannst.“

„Fickenkackenscheiß!“, antwortete Tade. „Gehen wir mollusken?“

„Wir haben gerade“, lehnte Bisamm ab. „Ich habe außerdem etwas Anderes vor.“

„Ich auch“, sagte Ralle und flog davon.

„Was denn?“, erkundigte sich Tade.

Bisamm holte tief Luft. Ein neues Selbstvertrauen stärkte ihn. Er merkte, wie sich sein Kamm stellte. „Ich glaube, das ist nichts für dich. Deine Nase ist … nicht ausreichend ausgestattet."

„Du bist ja plötzlich kackdreist", versetzte Tade mit einer Spur Bewunderung. „Was liegt an?"

Bisamm wusste, Tade hatte angebissen. „Komm mit!"

Es war heller Vormittag. Aber Bisamm wollte nicht bis zur Dämmerung warten. Mit Tade auf den Fersen huschte er die Warf hoch und zwischen die Häuser.

„Eine Gans", jubelte eine Kinderstimme.

„Schön, dass es sowas hier mitten zwischen uns gibt, nicht wahr, Jorke?"

„Da war noch was Weißes. Jetzt ist beides fort", stellte das Mädchen enttäuscht fest.

Das stimmte. Bisamm und Tade hatten sich blitzschnell hinter einem dichten Heckenrosengewirr in Sicherheit gebracht und warteten, dass die Zweibeiner, die mit Schwimmblasen und Wasserkugeln beladen waren, endlich den Weg hinunter zum Ufer nahmen.

Kurze Zeit später standen sie vor dem kleinen Türmchen, das mit einer Platte abgedeckt war.

„Merkst du was?", fragte Bisamm. „Dieser Gestank bedeutet nichts Gutes. Wenn die Zweibeiner ihn erst riechen, werden sie uns beschuldigen, weil wir in der Nachbarschaft wohnen und werden uns verjagen. Erst wenn sie die ganze Warf durchgekämmt haben, kommen sie drauf, dass nicht wir stinken."

„Euch werden sie verjagen", entschied Tade. „Uns nicht."

„Kann sein", antwortete Bisamm. Seine Hoffnung auf Hilfe durch die Brandgänse zerschlug sich.

„Ich geh mal trampeln", beschloss Tade und flog hoch, um sich auf die Abdeckung zu setzen.

„Unsinn", brummelte Bisamm. „Die Platte riecht doch nicht. Das kommt von tief unten. Aus dem Wasser."

„Wir müssen die Platte heben."

„Das schaffen wir beide nicht. Zu schwer. Wir müssen einen Plan fassen. Nachdenken."

„Ohne lange nachzudenken, würde ich sagen, dass wir im Dunkeln tappen."

„Und, hilft uns das? Ich schlage vor, dass wir im Hellen zum Fething zurücktappen", bemerkte Bisamm verärgert und machte sich auf den Weg. Mehr denn je hatte er das Gefühl, dass mit diesem alten Wassersammler etwas nicht stimmte. „Übrigens, woher wusstest du, dass ich den Onkel Stinkhase nenne?"

„Hab es damals gehört. Ich war ganz in der Nähe. Ich wäre gekommen, wenn du gerufen hättest."

Bisamms Laune hob sich wieder. Wenigstens das.

Ondat und Zibeth lauerten wieder vor dem Eingang zum Bau auf Bisamm.

„Ich kann nicht rein", erkannte Bisamm gleichmütig wie noch nie. „Dann gehen wir eben doch muscheln. Was meinst du?"

„Klar."

Die Zweibeiner mit dem Mädchen Jorke waren zum Glück nicht in der Nähe der Muschel-Schilfinsel und auch gar nicht zu sehen. Sie konnten sich ihrem Vergnügen widmen. Tade platschte vorwärts, mit dem Schnabel im flachen Wasser oder auf dem Schlick, und fand überall etwas Essenswertes.

„Hier ist eine große, flache Muschel, die ich nicht kenne", meldete Bisamm.

Tade kam, um sie zu begutachten. „Pfeffermuschel", sagte er. „Eher selten hier in Ufernähe. Lassen sich leichter knacken als Herzmuscheln und schmecken richtig gut. Pfeffrig."

„Nicht, dass ich wüsste, was das ist."

„Aber du lernst ja jeden Tag dazu."

Schließlich waren sie satt und hockten sich zum Chillen auf die flache Insel. Jenseits der weiten Wasserfläche lag im Dunst die Insel Föhr. Das Meer war ruhig, kaum ein Windhauch kräuselte es. Die Wellen schwappten träge heran, mit der Zeit immer ein wenig höher, weil das Wasser auflief. Tade steckte den Kopf unter einen Flügel. Selbst Bisamm als Nachttier ließ sich sein Fell von der Sonne wärmen und genoss es dösend.

Lange währte die Ruhe nicht. Von der Warf kam ein Geräusch, ein Quieken in hohen Tönen. Bisamm drehte sich zum Land um.

„Eine Brandgans in Not ist das nicht", sagte Tade schläfrig. „Kein Alarm."

„Ein Bisamm auch nicht. Zu laut. Alarm!"

Tade fuhr herum. Nebeneinander betrachteten sie, was sich auf der Warf tat. Zwei Zweibeiner kamen, und vor ihnen her trollte ein Junges mit einem Eimer in der Hand. Von Zeit zu Zeit erhob es ein Brüllen, das energischer wurde, und die Erwachsenen beeilten sich, ihm zu folgen. Schließlich nahmen sie das Kleine zwischen sich und rannten ans Ufer, wo sie es neben dem Badesteg auf den Schlick setzten. Endlich war das Nestjunge still und begann zufrieden mit einer Schaufel zu hantieren.

Die Alten zogen sich ins hohe Gras hinter dem Steindeich zurück und waren nicht mehr zu sehen.

„Na, ja, das Dunenjunge tut uns nichts", sagte Tade und legte sich wieder hin. „Komisch, dass sie keine Kindergärten haben, in denen die Kleinen von Altzweibeinern bewacht werden. Ich war in einem, Branda hat mich immer hingeschickt. Sie konnte zum Fressen fliegen oder in Ruhe mausern."

„Wir vom frischen Wurf blieben in unserer Wohnburg, da konnte uns nichts passieren", sinnierte Bisamm.

„Auch praktisch."

„Glaubst du, es kann schwimmen?"

„Wer?"

„Das Nestjunge."

„Wäre es eine Gans, dann ja."

„Es sieht aber eher aus wie ein Bisamm im Nestlingsfell. Und so hell wie ich. Dann kann es auf keinen Fall schwimmen, weil seine Mutter es zum Üben nie hinauslässt“, sagte Tade. „Ich glaube, es gehört in den Bau, nicht ins Wasser!“

Sie beobachteten schweigend, wie der kleine Felllose Schlick in den Eimer schaufelte und ihn wieder auskippte. Das Wasser stieg, und er rutschte in das Loch, das er selbst ausgehoben hatte.

„Das Nestjunge piepst“, sagte Bisamm beunruhigt. „Es hat Angst, es spürt die Gefahr.“

„Sein Schnabel ist blass wie bei einem Dunenküken. Du hast recht. Es kann nicht schwimmen. Ob das Brutpaar im Gras sich auf die Mauserung vorbereitet?“

„Ich weiß nicht …“ Bisamm glaubte das eher nicht. Das Kleine hatte ja noch gar keine Haare, die wie Federn gewechselt werden mussten. „Zu früh.“

Die Wellen schwappten dem Nestjungen mittlerweile an den Mund und zuweilen in die Nase. Es begann kläglich zu weinen.

„Wir müssen etwas tun!“, entschied Bisamm und sprang von der Insel herunter. „Hier ist weder Mauserung noch Fellwechsel in Gang, und einen Kindergarten gibt es schon gar nicht.“

Er schwamm zu dem Jungen hin, tauchte unter ihn in das Loch und begann, Schlick unter sein Hinterteil zu schaufeln. Langsam hob sich das Nestjunge, so dass die Wellen ihm nur bis ans Kinn schwappten. Tade folgte Bisamm und flatterte warnend auf den Kleinen zu, um ihn Richtung Land aufzuscheuchen.

Der fing an, durchdringend zu heulen, stemmte sich vollends aus dem Loch hoch und krabbelte durch die schaumigen Wellen ans Ufer. Geschrei und Husten lösten sich ab.

Die Mutter tauchte aus dem Gras auf, zog im Laufen eine Art Prachtgewand über ihr Hinterteil und rannte ihrem Kleinkind entgegen. „So ein böses Federvieh hier!“, rief sie erzürnt, zerrte den schluchzenden Jungen hoch und drückte ihn heftig. „Wir werden uns beim Bürgermeister beschweren", sagte sie aufgebracht zu ihrem Mann, der gemächlich herangeschlendert kam. „Diese gemeingefährlichen Vögel dürfen sie hier doch nicht dulden! Wo hier kleine Kinder baden!"

„Dramatisier nicht so, die Gans hat ihm ja nichts getan."

„Trotzdem", sagte die Frau trotzig.

Beschwingt galoppierte Bisamm zur Burg zurück. Ondat und Zibeth hatten ihre Wachposten verlassen, und der Weg war frei. Gerade landete Chloropus neben Galla auf dem Nest. „Die Eule war schon wieder in der Gegend. Ich habe einen Speiballen gesehen. Pfui, wie unhygienisch. Spucken gehört verboten!", schrie er erzürnt.

„Wenn du nur nicht immer so hochtrabend medizinisch daherreden würdest!", kakelte Galla. „Lös mich lieber ab!"

„Ich bin noch nicht dran."

Bevor er womöglich zum Schiedsrichter berufen wurde, schlüpfte Bisamm in die Röhre, wo er sofort begriff, was Ondat und Zibeth trieben, als er auf ihre Hinterteile stieß: Große Versammlung in der Gemeinschaftshöhle.

Mit Genugtuung sah Bisamm auf den Rücken der Vettern Blutspuren und ausgerissene Fellbündel. Gallas Erziehungsmaßnahmen.

Seine Genugtuung verging ihm, als er nach vorne blickte. Vor dem Heuhaufen, auf dem Sumpfhase zu thronen pflegte, hockte Papa Wühler, zerzaust, die Schwanzspitze abgebissen, mit gesenktem Kopf.

Es war nicht zum Aushalten! Bisamm stieß Ondat und Zibeth beiseite und drängte zwischen ihnen hindurch. Er baute sich neben Wühler auf, der ihm einen unglücklichen Blick zuwarf und sich dann aufrichtete. Bevor Sumpfhase sich seine Rede zurechtgelegt hatte, ergriff Wühler das Wort.

„Ich warne dich, Sumpfhase!", rief er mit matter Stimme. „Du führst uns Bisamratten auf einen falschen Weg! Du kannst nicht Krieg gegen Brandgänse, Teichhühner, Heuschrecken und Ameisen führen! Und obendrein Nerze einladen, mit uns zu leben. Du hast in Kiel eine völlig falsche Vorstellung vom Leben bekommen: Wohnen im Wohnhaus von Abgeordneten, Essen am Entenfütterplatz, keine Jäger, die dir ans Fell wollen. Ein fettes Leben hast du dir verschafft, bevor du davon gehört hast, dass unsere ganze Familie hierher umgezogen ist. Aus Angst vor schießwütigen Jägern!"

Sumpfhase stegnerte sofort. Eine futterneidische Ratte konnte ihm nicht das Wasser reichen. „Ich bin hochzufrieden mit eurem Interesse am Fortgang der Angelegenheit. Das Miteinanderreden ist gerade in so herausfordernden Zeiten von allergrößter Bedeutung, selbst, wenn man nicht in allen Fragen einer Meinung ist", sagte er mit verkniffener Miene. „Aber es ist noch sehr, sehr viel Arbeit notwendig, bis Widerspenstige wie du die Ziele der Zukunft begreifen werden."

Alle Bisaminnen pflichteten ihm mit vernehmlichem Krallenscharren zu.

„Was ist Papa Wühler passiert?", warf Bisamm aufgebracht dazwischen. Bis hier vorne hörte er die Vettern kichern.

Sumpfhase senkte seinen indignierten Blick auf Bisamm. „Nun gut, wenn du es hören willst… Mir ist schon klar, dass, wenn die Hallig weiter so hohe Anforderungen an uns stellt, wir auch im Personalkörper sicherlich die Offenheit haben müssen, da nachzusteuern."

Bisamm musste eine Weile nachdenken, bevor er begriff, dass er nichts begriff. Aber er machte einen Versuch zur Klarstellung. „Heißt das, du willst mit deinem eigenen Personalkörper die Brandgansnester ansteuern, Onkel Sumpfhase? Und sie ausplündern?"

„Nein. Wieso?"

„Das hast du eben gesagt, jedenfalls so ungefähr."

Sumpfhase wirkte irritiert. „Nicht im Entferntesten. Den Brandgansnestern widmen wir uns später. Jetzt geht es um Wühler."

„Was ist mit ihm?"

„Er muss verschwinden. Die Mehrheit ist gegen ihn."

„Die Mehrheit besteht aus dir, Ondat und Zibeth?"

„Ja, wir vertreten die schweigende Mehrheit."

„Du bist ein richtiger Leerkörper", sagte Bisamm erbost.

„Danke! Du weißt gar nicht, was mir deine Anerkennung bedeutet", sagte Sumpfhase geschmeichelt. „Andere belehren zu können, ist eine meiner besten Eigenschaften."

Es wurde wohlwollend geklatscht.

Wühler versuchte, noch etwas zu antworten, aber ihm versagte die Stimme. Bisamm schob ihn vor sich her aus der Röhre, während er vernahm, dass die Versammlung noch weitergehen sollte. Draußen plumpste Wühler kraftlos ins Gras.

„Dein Onkel ist geistig ja maximal unbewaffnet", sagte eine Stimme hinter Bisamm.

Bisamm drehte sich. Tade kroch gerade geduckt aus dem Eingang zum Bau heraus, schüttelte Erde und Gras aus den Federn und schwenkte mißbilligend den Kopf.

Bisamm hatte gar nicht gemerkt, dass Tade im Bau gewesen war. „Kannst du bei Wühler bleiben, bis er sich erholt hat?", erkundigte er sich. „Ich muss noch mal hinein."

Wieder im Versammlungsraum angekommen, traf Bisamm erneut auf Ondat und Zibeth. Sie rasselten angriffslustig mit den Schneidezähnen, aber innerhalb dieses Baus, der nicht ihr Revier war, wagten sie nicht anzugreifen.

„Ich möchte euch meine neueste Entscheidung hinsichtlich des Verkehrs mitteilen", rief Sumpfhase gerade mit fröhlicher Stimme. „Wir haben wieder einen neuen Wegenamen."

„Ja, Onkel?", schrie Hamster begierig.

„Der Anlass ist nicht so erfreulich, wie du glaubst, Hamster", warnte Sumpfhase. „Es handelt sich vielmehr um eine Gegend, die eine treue und gehorsame Bisamratte meiden sollte: den Galla-Kriegspfad!"

„Oh", seufzten ängstlich die Bisaminnen wie ein großer Chor und rückten zusammen.

„Ja, ihr solltet euch vorsehen“, bestätigte Sumpfhase. „Vor allem diejenigen aus der Sippe der ausgestoßenen Ratte – ich nenne den Namen nur mit Widerwillen – Wühler. Wir erleben es, dass Teichhühner seit neuestem einem harmlosen Bisam auf den Rücken springen und ihn gewalttätig attackieren. Mit Teichhühnern ist nicht zu spaßen. Vor allem nicht, wenn der Eingang zum Bisambau direkt in ihrer Flugschneise liegt.“

„Das betrifft uns, oder?“, vergewisserte sich Zita, die Bisamm bisher gar nicht zu Gesicht bekommen hatte.

„Genau. In diesem Zusammenhang erteile ich übrigens ein Flugverbot für Bisamratten“, fuhr Sumpfhase mit vor Erregung vibrierenden Schnurrhaaren fort.

„Onkel, keiner aus unserer Familie fliegt, versprochen“, echote Hamster.

„Das Flugverbot für Bisamratten ist absolut richtig und alternativlos“, bestätigte auch Zita.

Bisamm zog sich zurück. Wie konnte sie nur!

„Für dich, Hamster, habe ich dennoch eine frohe Botschaft.“

„Ja?“

„Ja. Ich ernenne dich zu meinem Stellvertreter.“ Sumpfhase wandte sich an die Versammlung. „Ihm sollt ihr gehorchen wie mir selbst, wenn ich nicht anwesend bin.“

Alle klopften Beifall, nur Bisamm klapperte laut.

„Flugverbot! Das ist vogelverachtend!“, quakte draußen Tade, der mitgehört hatte.

9. Wuthochdruck

Wühler war hinfällig. Es war sein dritter Sommer, und Onkel Sumpfhase hatte ihm die letzte Kraft geraubt. Bisamm fragte Tade, und der wusste tatsächlich Rat. Er kannte eine aufgegebene Brandgansbruthöhle. Wegen zu häufiger Überschwemmungen war sie für das Bebrüten von Eiern und die Aufzucht von geschlüpften Nestküken nicht brauchbar. Aber für eine schwimmfähige Bisamratte als Alterssitz allemal. Wühler zog ein und wollte von der Welt nichts mehr wissen.

Bisamm kehrte einigermaßen beruhigt von der Bruthöhle zurück zum Bisambau. Von dort waren seltsame – erschreckende – Laute zu hören. Er schlich näher, versteckt im hohen, nicht gemähten Gras der Warf. Ein Zweibeiner lauerte in gebückter Stellung am Fethinghang und hatte offenbar Ärger mit Galla. Sie stand mit nach vorne gerecktem Kopf und geöffneten Flügeln im Nest und fauchte den Fremden an, dass einem Bisam Hören und Sehen vergehen musste.

Dem Angreifer offenbar nicht. Dabei wäre er gut beraten, auf sich aufzupassen. So wie Bisamm Galla einschätzte, würde sie sich im nächsten Augenblick bedenkenlos auf den Kerl stürzen. Schließlich brütete sie jetzt, und da kannte sie noch weniger Spaß als sonst.

Aber zu belehren war er nicht. Er streckte den Arm nach vorn, um unter ihr in das Nest zu greifen, und Galla hackte ihm in die Hand. Er schrie auf und steckte sich einen blutenden Finger in den Mund.

Schimpfend erhob er sich, Bisamm presste sich ins Gras und wünschte, er wäre unsichtbar. Im Gegensatz zu dem Mann war er nicht grün. Dieser war grün von der Kappe bis zu Hose und Weste. Nur die Hand war rot.

In diesem Augenblick kehrte Chloropus von seinem Ausflug in den benachbarten Garten zurück und landete neben Galla. „Meine Liebe. Ärger gehabt? Du siehst aus, als hättest du Wuthochdruck."

Galla ließ die Flügel nur langsam wieder sinken. „Na ja, der Jäger wollte mir an die Eier", murmelte sie zornig, während sie sich die Federn unkoordiniert glattstrich, ohne ihn dabei aus den Augen zu lassen. „Sogar sein Gewehr hatte er dabei. Dabei weiß er doch, dass wir streng geschützt sind."

Der grüne Zweibeiner bekam es angesichts von zwei wehrhaften Hühnern mit der Angst zu tun. Mit der blutigen Faust drohte er Galla. „Na, warte, ich kriege schon noch raus, ob du auf einem bewohnten Bisamrattenbau brütest oder ob es hier wirklich nur Laborratten und Wanderratten gibt." Dann hob er einen länglichen Gegenstand aus dem Gras auf, stapfte schnell nach oben und verschwand zwischen den Häusern. Seltsamerweise baumelte in seiner blutenden Hand am Schwanz eine große graue Ratte. Tot.

Bisamm kroch vorsichtig näher, aber der Kerl war tatsächlich weg. Gallas und Chloropus' Köpfe fuhren unisono zu Bisamm herum, als er die nächsten Schritte tat.

„Hier war einer, der nach Untermietern von Teichhuhnnestern sucht", erklärte Galla wichtig. „Also nach dir und deinesgleichen. Und nach Ratten sowieso. Ich habe ihn verjagt, aber er kommt wieder."

Mittlerweile hatte Bisamm verstanden, was dieser längliche Gegenstand bedeutete. „Wird er dann auf mich schießen?"

„Ja, wird er", sagte Chloropus sachlich. „Du bist das ganze Jahr für Jäger freigegeben. Weil du schädlich bist. Sagen sie."

„Ich bin schädlich?" Zum ersten Mal erkannte Bisamm die Gefahr, in der sich die Bisamsippen befanden. Auf weiche

Felle und leckeres Fleisch konnten die Feinde vermutlich verzichten. Aber das Urteil schädlich war so gut wie ein Todesurteil. Er musste die anderen warnen!

Während er noch nachdachte, flatterte ein Teichhuhn heran, das Bisamm noch nicht kannte, aber für den Bruder von Ralle hielt, und setzte sich ebenfalls auf den Fethingrand. „Hai", sagte er in die Runde.

Sie beäugten einander. „Ich bin Grünbein. Frei wie ein Vogel, deswegen kaum hier. Dein Federkleid ist auch very hip."

Bisamm nickte niedergeschlagen. Unter anderem wegen seines Federkleides war er besonders vogelfrei.

Grünbein war der bunteste der Teichhähne, sehr stylish, hatte Ralle erzählt, auch was sein Essen betraf, das vegan war. Nur zarte Knospen von Weiden und Pappeln kamen für ihn in Frage. Die Sättigungsbeilagen wie Spinnen und Käfer aß er ausschließlich heimlich. Und davon vermutlich viel, denn er stand gut im Futter.

Chloropus und Galla tauschten leise ihre Besorgnis wegen des Jägers aus und hatten für Grünbein keine Zeit. Und Bisamm wusste nicht, was er mit Grünbein schwatzen sollte. Da passte es gut, dass gleich nach diesem auch Ralle angeflattert kam.

„Ach, du heilige Marmelade", schrie Ralle angesichts von Grünbein, „unser Knospenpflücker. Dass du auch mal kommst!"

Grünbein warf stolz den Kopf in die Höhe. „Keine Zeit. Ich werde gerade umworben. Der Streit zwischen den Hennen um mich tobte noch, als ich abflog, um mich zu erholen. Es war mir tu matsch. Ich muss auch mal zur Ruhe kommen."

Die Nachgeburten in Zitas Mutterburg waren schon groß, als auf der Warf auffälliges Treiben einsetzte. Autos mit Zweibeinern fuhren vor, Bänke und Tische wurden ausgeladen und aufgestellt. Die Zweibeiner wuselten durcheinander wie bei einer von Sumpfhases Veranstaltungen.

„Weißt du, was los ist?“, fragte Bisamm Ralle.

„Klar! Sie feiern das Grünfußfest. Das ist der Tag der Grünwerdung ihrer Füße.“

„Was ist das denn?“

„Sieh mich an. Ich habe wie jeder erwachsene Teichhahn grüne Beine. Und sieh dir die Jungs an, die Tische schleppen. Sie sind nette Zweibeiner, die wie wir auf bloßen Füßen laufen, mit grünen Sohlen und grün bis über die Knöchel. Mit diesem Tag werden sie nicht mehr durch die Eltern gefüttert, sie strecken sich und bekommen grüne Beine. Ihr Nest haben sie auf der Neu Peterswarf, aber sie dürfen es jetzt verlassen.“

„Aha.“

„Du wirst sehen, dass es dir gefällt“, beteuerte Ralle. „Es gibt jede Menge zu essen. Wir lassen uns auch etwas geben.“

„Wir?“ Bisamm war entgeistert. „Die wollen mir doch sofort ans Fell.“

„Nicht diese Zweibeiner. Obwohl sie Schützer heißen, sind sie keine Schützen. Die schützen auch dich.“

Bisamm musterte Ralle ungläubig. „Mögen sie keine weißen Pelze?“

Ralle nickte nachdrücklich. „Doch, doch, sie lieben weiße und andere Pelze. Solange ihre Träger springlebendig sind. Manche von denen halten gar nichts von toten Tieren, sie essen sie nicht mal. Es gibt aber auch welche, die leckere Snacks aus Fleisch kochen. Das stammt aber vom Festland, und es sind keine Pelzträger darunter.“

„Gut, gehen wir hin“, meinte Bisamm zögernd. „Aber Tade nehmen wir mit.“ Je mehr Geschützte um ihn herum, desto besser.

Als es auf der Warf endlich rauchte, dampfte und herzhaft duftete, machten sie sich auf den Weg zu den Ständen zwischen den alten Häusern. Es wimmelte von Zweibeinern, großen und kleinen. Der erste, der Bisamm erkannte, war das nette Mädchen aus dem roten Haus.

„Sieh mal, Paps, da sind sie wieder! Eine Gans und ein weißer Biber. Und jetzt haben sie noch ein kleines Huhn mitgebracht."

„Das ist wohl eher umgekehrt", gackerte Ralle empört vor sich hin.

„Sie heißt Jorke und ist sehr nett", insistierte Bisamm und fühlte sich stark und unverwundbar, weil er seinen Kamm sorgfältig gebürstet hatte und für einen Biber gehalten wurde.

Lange hielt sein Wohlgefühl nicht an. Der Mann in Grün war auch da. Bisamm versteckte sich schnell, aber es war zu spät.

„Was machen diese Tiere hier?", geiferte der Jäger laut, an niemanden gerichtet. „Und mein Verdacht stimmte also doch: es gibt auf der Hallig Bisamratten!"

„Das sind unsere Haustiere", griff sofort einer der Schützer ein, hinter dem ein Räucherofen stand, dessen Qualm einen angenehmen Fischduft verbreitete. „Gans und Huhn legen Eier, und der Bisam bespaßt die Besucherkinder. Er nimmt viele Spenden für uns ein. Spart Ihre Steuern."

„Aber dass ihr die Brandganseier nicht essen dürft, wisst ihr schon, oder?"

Der Grünfuß ignorierte ihn.

„Lass dich auf den Arm nehmen und umflauschen", flüsterte Tade.

Bisamm hoppelte beklommen an den grünen Fuß des Schützers heran. Und richtig: Der hob ihn hoch und kraulte ihm behutsam das weiche, dichte Fell. Sehr angenehm, dieses Umflauschen.

„Ich wusste nicht, dass Bisamratten auch Haustiere sind. Wenn ich dich an einem der Deiche erwische, endest du als Winterkappe", drohte der Jäger Bisamm und zog sich aus der Gruppe von Kindern zurück, die alle begierig waren, Bisamm zu streicheln.

„Tschüs, Herr Federrupf", rief der junge Mann ihm höflich nach und reichte Bisamm herum. In Jorkes Armen drehte er sich furchtlos auf den Rücken und ließ sich am Bauch krabbeln.

„Der kann mich mal", grantelte Ralle. „Federrupf, Flugverbot – was ist hier neuerdings bloß los? Und ich will jetzt endlich snacken. Der Dönerstand ist um die Ecke."

Bisamm strampelte, und Jorke setzte ihn behutsam ab. Dann folgten er und Tade dem erfahrenen Ralle im Gänsemarsch zu einem Tisch, auf dem sich vor einer Glutwand eine merkwürdige, dicke graue Wurst drehte, die für Bisamms Nase sehr nach Fleisch und kaum nach Grünem roch. Winteressen. Er hätte gerne Topinambur gehabt, Frühlings-, Sommer- und Herbstessen. Davon war weit und breit nichts zu riechen.

Bisamm vergewisserte sich, dass er es mit einem jungen Grünfüßling zu tun hatte. Die langen, im Nacken zusammengebundenen Haare waren so fellig, dass er überhaupt keine Furcht und nur Neugier verspürte.

Ralle schritt furchtlos auf den Tisch zu und sprang auf die Tischkante.

„Oh, moin, Ralle", sagte der Schützer freundlich.

„Ich will mein Mittagessen", orderte Ralle kühn. „Ainmal Döna bitte."

„Mit alles?"

„Alle außer ohne Fisch. Mit ohne Swibel."

„Geht klar", sagte der junge Mann und machte ihm eine große Portion kleiner Schnitzel aus der grauen, nach Fleisch riechenden Wurst fertig. „Bitte, Fischdöner mit Beilage ohne Soße. Tommy trägt euch den Teller zum Ringdeich."

Auf dem Warfabhang machten sie sich über ihr Essen her. Für jeden war etwas dabei, für Bisamm hauptsächlich die Beilage, die aus verschiedenen frischen Salaten bestand, die ganz unterschiedlich und unbekannt schmeckten. Aber gut.

„Wieso verstehen die dich?", fragte Bisamm mampfend.

„Wir kennen uns", antwortete Ralle, ebenso mampfend.

Viele Besucher staunten sie an und richteten kleine schwarze Apparate auf sie, die aber keinen Schaden machten. Und Bisamm hatte überhaupt keine Angst.

10. Rätselhafter Sood

Jetzt hatte Bisamm drei Probleme: den Jäger, der lebensgefährlich für alle Bisamratten war, den Gestank in der Zisterne und Wühler. Nicht, dass Wühler ein Problem wie die anderen gewesen wäre, aber Bisamm fühlte sich für ihn verantwortlich.

Als erstes nahm er die Zisterne in Angriff. Jetzt bei Tage. Denn die Schützer hatten allen Besuchern klargemacht, dass er beschützt wurde. Von ihnen. Und der Jäger würde kaum bei Tage auf der Warf auf ihn schießen. So galoppierte er recht sorglos los Richtung rotes Haus in der Mitte der Warf.

Am Rollwagen stand Jorkes Vater, und Jorke kletterte gerade heraus. „Hallo, kleiner Biber“, rief sie begeistert.

Bisamm fürchtete sich aufgrund von Tades Erklärungen nicht vor Rollwagen, vor allem, wenn sie standen und keinen Lärm machten. Trotzdem hatte er keine Zeit für Jorke. Er beschleunigte, aber sie hatte wohl beschlossen, ihn wieder zu umflauschen und ließ sich nicht abschütteln. Es machte nichts. Als er an der Zisterne ankam, landete Ralle neben ihm.

Der Gestank war jetzt durchdringend.

„Was willst du denn hier, Biberchen?“, fragte Jorke verwundert. „Wo es so stinkt, wird dein Fell ja ganz stinkig werden. Und dein Federkleid auch, kleines Huhn.“

Sie roch es also auch.

„Nettes Mädchen“, sagte Ralle, „abgesehen davon, dass sie mich diskriminiert. Huhn und klein, das geht eigentlich zu weit.“ Er setzte sich auf die Abdeckplatte und hackte auf den Riegel ein. Bisamm sprang zur Hilfestellung an der Mauer hoch.

„Ihr meint, wir sollen nachsehen, was stinkt?"

„Auch ein kluges Kind. Sie begreift schnell."

„Jorke heißt sie."

Jorke wuchtete die Platte herunter und hielt den Kopf über die Öffnung. „Puh", stieß sie aus und wich erschrocken zurück.

Ralle sprang auf die Mauerkante und äugte mit scharfen Augen hinunter.

„Siehst du was?"

„Da schwimmen Beutel wie die, in denen die Zweibeiner ihr Essen mit sich tragen. Am Grünfußfest schleppten sie große Fische aus dem qualmenden Apparat fort. Vielleicht wässern sie hier welche."

„Es roch schon vorher", widersprach Bisamm.

„Dann wässern sie sie seit dem letzten Fest. Diese Leute im großen Haus, meine ich."

Bisamm kam nicht dazu, lange darüber nachzudenken, denn aus dem großen Haus flitzte Hannibal bellend heran. Vor der Zisterne stoppte er abrupt, zog einen Vorderlauf hoch und änderte seine Belllaute.

„Immer dieses dogging", murrte Ralle und richtete seinen erzürnten Blick auf den Hund. „Nirgendwo ist man ungestört."

Hinter Hannibal her keuchte der dicke Besitzer, schwenkte verärgert eine Leine und brüllte den Hund an. „Du sollst doch nicht immer abhauen! Wie oft habe ich dir das schon verboten. Frauchens Erziehung lässt wirklich zu wünschen übrig. Ach, das Fräulein Nachbarin ist auch schon da, das kann man sich ja denken. Wo es Ärger gibt, tauchst natürlich du auf."

Jorke hatte bei diesem Geschimpfe Hannibal sofort in die Arme geschlossen, um ihm Trost ins Ohr zu flüstern. Er hörte mit dem Bellen auf und wedelte fanatisch.

„Und ich sage dir, Hannibal, zur Strafe gehen wir heute nicht an den Strand, und Stockwerfen machen wir auch nicht. Mal sehen, ob du dazulernst, wenn du heute weder Futter noch Wasser bekommst."

Hannibal blieb unbeeindruckt. Nur Jorke zählte für ihn.

„Hören Sie doch auf zu geifern, Herr Eberle!", rief Jorke.

„Ein hungernder Hannibal! Tierquälerei!", gackerte Ralle, der viel von Gleichberechtigung verstand.

Erstmals bemerkte der geifernde Mann, dass die anderen zu dritt waren. Sein Blick fiel auf Bisamm. „Dieser Jäger war also zu blöde, um dich zu erwischen, ja? Oder hat er dich einfach laufenlassen, weil du eine friesische Laborratte bist? Ich würde Hackfleisch aus dir machen, wenn ich dich erwischte, geschützt oder nicht."

Bisamm zog sich zur Sicherheit hinter die Zisterne zurück, und Jorke hielt den Dackel fest. „Dummschwätzer!", schrie sie den Mann wütend an. „Geben Sie mal die Leine her." Er reichte sie ihr, und sie hakte den Karabinerhaken in Hannibals Halsband ein.

„Plappermaul!", übersetzte Ralle. „Plappermaultasche gefüllt mit Bisammhack."

Bisamm erschrak.

„Plappermaultasche. Lecker. Gib´s zu, dass du gut schmeckst", forderte Ralle frohlockend.

„Kann sein. Aber ungern."

„Und auf jeden Fall nicht mir", schloss Ralle versöhnlich. „Isch schwö´dir."

„Gemein von dir, mir einen solchen Schrecken einzujagen", schimpfte Bisamm, erholte sich aber bereits.

„Dem ist korrekt. Aber man darf sich nie zu sicher wähnen. Du hattest bereits vergessen, dass es gefährliche Zweibeiner gibt."

Das stimmte. Bisamm hatte nur an den Jäger gedacht.

Der Mann zog mit Hannibal ab.

„Wandelmasse", schnaubte Jorke hinter ihm her und sah dann Bisamm und Ralle an. „Alles in Ordnung mit euch?" Sie streichelte sie mit beiden Händen, und nicht einmal Ralle hatte etwas dagegen einzuwenden.

Es war für einen Augenblick ganz still an der Zisterne. Nur vom Café her drang das leise Gemurmel von vielen Leuten an ihre Ohren. Alles war wie immer.

Jorke hüpfte trällernd ins Ferienhaus zurück, wo die Eltern noch bei einem ganz späten Frühstuck saßen. „Auf der Hallig ist es richtig spannend“, sagte sie, während sie sich ein Glas Orangensaft eingoss. „Und es ist prima, dass die Schützer die Hand über die Tiere hier halten. Der Nachbar, der bescheuerte Herr Eberle, hätte seinen Hannibal bestimmt auf Biber losgelassen, wenn ich nicht dagewesen wäre. Dabei weiß er, dass Biberchen unter dem Schutz der Schützer steht. Und das kleine Huhn war auch wieder da. Ich glaube, dass Hannibal die Wandelmasse nicht leiden kann. Ich auch nicht.“

„Jorke!“, mahnte ihre Mutter.

Jorke wusste, was die Mutter meinte. Typisch Lehrerin. Aber sie hatte keine Lust, auch noch in den Ferien Schriftdeutsch zu sprechen.

„Und wo wart ihr alle zusammen?“, fragte der Vater versöhnlich.

„An der Zisterne nebenan. Da stinkt es so widerlich, dass man sich die Nase zuhalten muss. Da gammelt bestimmt eine Leiche.“

„Deine Phantasie“, seufzte die Mutter.

„Die Hallig bezieht seit rund fünfzig Jahren Wasser vom Festland“, erklärte der Vater. „Auf die Soode ist niemand mehr angewiesen. Vielleicht ist da mal eine Ratte ins Wasser gefallen. Das Mauerwerk ist sicher brüchig, und Ratten sind neugierig.“

„Ach, so“, sagte Jorke enttäuscht. „Darf ich dann jetzt zur Badestelle am Südufer?“

„Mal sehen, wie das Wasser …“

„Es läuft auf, Mams, ich habe im Tidekalender nachgeschlagen. Und ich verspreche, nicht mal bis zum Buhnenende zu schwimmen. Und überhaupt: Wenn ihr nicht wollt, dass ich mir die Hallig erobere, warum fahrt ihr dann hier hin? Von wegen: sauberes Wasser, kein Lärm, kein Gestank … Soll ich mich im Haus vier Wochen an sauberem Wasser, sauberer Luft und mit ohne Fernseher erfreuen?“

Die Mutter wollte widersprechen. Dann verkniff sie sich sogar, das mit-ohne zu kritisieren, das Jorke nur im äußersten Notfall zu Hilfe nahm.

„Nun lass mal gut sein, Frauke“, brummte der Vater. „Jorke ist vernünftig genug, um allein schwimmen zu gehen.“

„Mutti, du bist ein Krötenstreichler, das wissen wir. Aber hast du wirklich Angst, dass mich die Fische fressen?“

„Essen“, verbesserte die Mutter gedankenlos.

„Und übrigens, da war so ein komischer Mann, der pfützelte an die Museumsmauer. Das mögen die Ameisen nicht. Solltest du dich um den nicht mal kümmern?“

„Jorke, dein Deutsch! Du …“

„Ich pfützele auch“, unterbrach der Vater Frauke entschlossen. „Ins Klo. Hübscher Ausdruck, übrigens. Werde ich mir merken.“

„Wenn ihr meint …“

„Paps, danke“, rief Jorke und warf sich ihm an den Hals. Gleich danach auch der Mutter. Gerechtigkeit musste sein.

„Lassma Café snacken gehn“, schlug Ralle vor, als sie an der Burg angekommen waren.

Bisamm hatte dem Duft schon nachgeschnuppert, als sie noch bei der Zisterne gestanden hatten. Das Café lag um die Ecke, und der Wind stand günstig. „Heute gibt´s Kartoffelpuffer.“

„Hippe potatoes!“, rief Ralle begeistert.

Galla, die auf den Eiern saß, schüttelte mißbilligend den Kopf. „Das hast du ganz falsch verstanden. Das hieß anders, wenn ich auch nicht mehr weiß, wie.“

Branda kam gerade die Warf für eine kleine Verschnaufpause in der Sonne hochgewatschelt. „Hippo potamus, etwa?“ Sie guckte Ralle streng an und anschließend Galla. „Ralle sollte wenigstens genau hinhören, sag ihm das. Mein Griechisch lass ich mir nicht versauen."

Galla sah betreten unter sich und scharrte unnötigerweise Grashalme im Nest zusammen. Bisamm versuchte, ein Kichern zu unterdrücken.

„Verrallen", verbesserte Branda gekränkt.

Der ganze Effekt war verpufft. In den Kartoffelpuffern.

„Los geht´s!", krähte Ralle unbekümmert und eilte voraus. Wie immer lief er lieber, als dass er flog, und da konnte Bisamm gut mithalten.

Im Café saßen jetzt nur noch wenige Besucher, die meisten waren schon von dem Rollwagen abgeholt worden, das kein Auto, aber auch kein Schiff war, das täglich viele Menschen hin und her transportierte und dabei kräftig stank.

Der Pächter des Cafés entsorgte gerade Essen für die Möwen auf den Wall. Die Möwen waren aber noch nicht da. Ralle stürzte sich sofort auf die Kartoffelpuffer, Bisamm auf die Miesmuschelschalen, die immer noch genug Muschelfleisch enthielten. Als er satt war, hockte er sich hin, um sich sauber zu putzen.

Plötzlich stieg Bisamm der Geruch in die Nase, den er vom Sood kannte. Stinkig, fellverschmutzend. Sorgfältig prüfte er seine Umgebung. Unter dem Holunderbusch neben ihm war nichts, vielleicht aber unter dem Boot, das neben dem Café ruhte. Der Pächter musste ein sehr vorsichtiger Mann sein, wenn er stets ein Fluchtfahrzeug zum Entkommen bei Landunter bereithielt. Womöglich wässerte er darin vorsorglich sogar Fische. Bisamm tappte hin, aber der Geruch war dort schwächer. Außerdem störten seine Nase die jungen Rinder, die ihm auf der anderen Seite des Zauns neugierig folgten und gelegentlich einen schwarzgrünen Fladen fallenließen.

Er kam nicht dahinter, was der Geruch an dieser Stelle bedeuten mochte.

Abends in der Dämmerung ruhten sie alle vom mühseligen Tageswerk des Essensuchens aus. Außer Chloropus, der Dienst hatte und im Nest saß. Auf dem Warfabhang plauderten Galla, Ralle, Bisamm und seine Schwester Mäuschen miteinander, und dann kam auch noch Branda hinzu. Die Mühle drehte leise und behutsam ihre Flügel, aber auf dieser Seite der Warf hörte man sie kaum. Irgendwo murmelten Zweibeiner, ohne zu stören. Es war so friedlich, wie es nur sein konnte.

Bisamm erzählte von diesem strengen Geruch, der die Zisterne umwaberte und, weniger streng, auch am Café aufgetaucht war. Niemand konnte sich einen Reim darauf machen. Diejenigen, die schon länger auf der Hallig lebten, konnten sich an so etwas nicht erinnern. Aber es bedeutete sicherlich nichts Gutes.

Branda legte den Kopf schief und lauschte. „Da kommt Asio, hört ihr es?"

„Der Außerhallige mit der Gesichtshacke", spottete Ralle und ging in Kampfposition.

Auch Galla streckte den Kopf vor und öffnete die Flügel.

Bisamm hörte das Flügelrauschen und duckte sich, ebenso wie Mäuschen. Verlegen dachte er zu spät daran, was Ralle ihm beigebracht hatte. Aber er konnte nicht anders.

Die Waldohreule bemerkte rechtzeitig die geballte Versammlung von widerspenstigen Beutetieren und strich ab.

„Diese Eule sollte man nach Athen tragen", bemerkte Branda abweisend. „Sie wird lästig."

Darin waren sich alle einig.

11. Water-Veggieday

Bisamm raffte all seinen Mut zusammen und trat vor die Versammlung. Neben ihn stellte sich seine kleine Schwester, sie wollte von seinen Warnungen nichts wissen. Verwundert lächelte Bisamm Mäuschen an, die willens war, Onkel Sumpfhase die Stirn zu bieten. Trotz Hamster, Ondat und Zibeth sowie der Unterjochung ihres Vaters Wühler. Er rückte dicht an sie heran, so dass sie die Wärme seines Fells und seinen Schutz spüren konnte.

Die Bisaminnen musterten Mäuschen abweisend, selbst Mutter Zita, und begannen zu flüstern.

„Also sprich", befahl Sumpfhase gelangweilt.

„Wir saßen friedlich auf dem Warfabhang und clusterten", begann Bisamm und wurde unterbrochen.

„Wer saß?"

„Branda Leighanne, Ralle Teichhahn, Galla Teichhuhn, Mäuschen und ich."

„Da seid ihr aber eine feine Gesellschaft gewesen", warf Sumpfhase verächtlich ein. „Du weißt, dass Teichhühner unsere Feinde sind."

„Feinde nur von Zibeth und Ondat. Und das aus gutem Grund. Galla lässt sich von ihnen keine Frechheiten gefallen." Bisamm bebte vor Drang, endlich zum Wesentlichen des Berichts zu kommen, aber er wurde von den Brüdern unterbrochen.

„Unverschämtheit!", schrien sie, und alle Bisamratten gaben ihnen durch Gemurmel und Scharren recht. Der Tumult währte eine Weile.

„Allen anderen tun die Teichhühner nichts“, verschaffte Bisamm sich Gehör. „Im Gegenteil, sie behüten unsere Burg von oben. Also nochmal von vorn: Auf einmal kam Asio angebraust. Das ist eine Waldohreule. Er …“

„Halt dich nicht mit Erklärungen auf. Ich kenne Asio vom Festland.“ Sumpfhase legte die Krallen beider Vorderpfoten aneinander, wie üblich, wenn er Überlegenheit zeigen wollte.

Diese unerwartete Eröffnung und das staunende Flüstern der Versammlung brachten Bisamm ganz aus dem Konzept. „Woher?“, stammelte er.

„Aus dem Wohnhaus der Abgeordneten in Kiel. Er holt dort gelegentlich Mäuse ab, die man ihm versprochen hat. Er isst sie leidenschaftlich gern, weil sie so unterhaltsam sterben.“

„Wir sind selbst Mäuse“, quiekte Mäuschen, die nicht mehr an sich anhalten konnte. „Hast du ihm etwa uns von der Hallig versprochen?“

Schreckgeschlagenes Schweigen herrschte in der Versammlung.

„Das glaube ich nicht!“, piepste Zita, dem Onkel beistehend. „Keine Bisamratte übt Verrat. Sumpfhase ist unser Führer und Ratgeber.“

„Nein, natürlich nicht, Bienchen“, antwortete Sumpfhase mit arroganter Gleichgültigkeit. „Oder wie heißt du nochmal?“

„Mäuschen“, schrie sie und schlug erbost mit dem Schwanz. „Tochter von Zita von der Zita-Chaussee.“

„Jetzt weiß ich, worauf du abzielst, Mäuschen. Deine Methode, Aufmerksamkeit zu erwecken, ist zwar ungewöhnlich, aber warum nicht? Ich mag unkonventionelle Wege. Du möchtest, dass eine Straße auch nach dir benannt wird, stimmt´s? Mäuschengasse wäre noch zu haben. Sie könnte ganz im Norden von der Ketelswarf bis zum Leuchtturm führen. Ein Prachtweg für Zweibeiner.“

Bisamm verschlug es die Sprache. Mäuschen blickte verwirrt zu ihm hin. „Du verstehst nicht, worum es geht, Sumpfhase“, sagte er bedächtig. „Dieser Asio macht eindeutig Jagd auf uns.

Und Mäuschen will nun wissen, ob du uns verkauft hast. Du hast ihre Frage nicht beantwortet."

„Eine Gegenfrage: Woher weißt du eigentlich, dass die Eule Asio heißt?"

„Branda wusste es …" Bisamm ging sein eigener Kardinalfehler auf, als er die hässliche Grimasse von Sumpfhase sah.

„Damit dürfte Bienchens Frage wohl beantwortet sein. Asio war vor mir hier."

„Wenn das so ist, bist du, Onkel, genauso in Gefahr als Asios Gewölle zu enden wie alle anderen hier. Wir sind nur entkommen, weil wir so viele waren mit unterschiedlichen Kampftechniken."

„Eine Gefahr ist nicht gegeben. Wir sind Asio Bündnistreue schuldig", erwiderte Sumpfhase kalt. „Wir haben versprochen, ihm aus dem Weg zu gehen, wenn er jagt. Du bist also selbst schuld an dem Beinaheunfall, Bisamm. Nicht nur das, du hast das Leben deiner Schwester riskiert, die auf dem Abhang ahnungslos gesessen haben dürfte. Im Gegensatz zu dir!"

Zita stürzte sich auf Bisamm, noch bevor er sich gefasst hatte, und schlug ihm ihre Krallen ins Gesicht, dass ihm Hören und Sehen verging. Er wehrte sich aufgrund seiner Erziehung nicht gegen seine Mutter.

Mäuschen flüchtete verschreckt nach draußen.

„Wer hat Asio Bündnistreue versprochen?", fragte Bisamm trotz seiner blutenden Wangen.

„Wir. Die Gemeinschaft der Bisamratten. Wir alle. Bisaminnen und Bisams." Sumpfhase setzte sich aufs Hinterteil, wieder die scharfen Krallen kämpferisch aneinandergelegt.

Die Gemeinschaft applaudierte.

Bisamm hoppelte seiner Schwester hinterher.

Mäuschen hockte vor dem Eingang zum Bisambau mitten im Galla-Kriegspfad. Ihr sonst so schönes glattes braunes Fell war zerzaust, als wäre sie in einer Rauferei gewesen, und der Schwanz war voll Erde. Blicklos starrte sie in die Dunkelheit, unberührt von den Nachtgeräuschen, die zur Jagd auf Larven, Wasserinsekten und schwimmende Laichkräuter riefen.

Galla warf mitleidige Blicke herüber, und Ralle lupfte ratlos die Flügel. „Ein Haardebakel", klagte er. „Selbst ich sehe das. Was würde Grünbein erst sagen!"

Bisamm warf Ralle einen wilden Blick zu. Musste das jetzt sein? „Mäuschen, bezieh Sumpfhases Anwürfe nicht auf dich persönlich", sagte er sanft. „Es gehört zu seinem Machtgehabe, alle klein zu machen, die ihm widersprechen. Ich wollte nicht, dass du dich zu seinem Ziel machst. Wühler und ich reichen."

„Dieser Sumpfhase! Manchmal ist er ja ein ganz Schlimmer!", zeterte Galla und blickte dann träumerisch in die Wolken. „Aber Galla Kriegspfad! Schön! Das rechne ich ihm hoch an!"

Ralle verdrehte die Augen.

„Wühler auch?", murmelte Mäuschen. „Mutter Zita aber nicht."

„Nein, Zita nicht. Sie hat sich auf Sumpfhases Seite geschlagen."

„Aber was ist mit Vater Wühler?", fragte Mäuschen aufgebracht.

„Ich weiß nicht. Auf jeden Fall wird Sumpfhase ihn ersetzen …"

„Ja."

Mäuschen musste sich damit abfinden, dass der stärkere Bisam den schwächeren verdrängte. So war es üblich. Bisamm konnte ihre Trauer verstehen.

Dann steckte er seine Nase in die Luft. Dieser Geruch, den er aus dem Sood und aus dem Café kannte, wehte schon wieder herüber. Dabei hatte die Windrichtung gewechselt. Das Wetter änderte sich, der Wind kam im Augenblick von See und nahm zu.

Ohne es eigentlich zu beabsichtigen, erhob Bisamm sich und lief den Galla-Kriegspfad hinunter. Er schnürte dem stärksten Geruch schnurgerade bis zum Warffuß nach, wo er verhielt, um sich zu orientieren, weil hier der Grasbewuchs begann und die Gerüche sich verteilten.

Ralle kam ihm nach. „Warum bist du online?", wollte er wissen.

„Hier ist der Gestank von der Zisterne", antwortete Bisamm konzentriert. „Und noch etwas Anderes. Ein Mensch war hier und ein Boot. Vielleicht waren sie zusammen hier. Komm, weiter."

Bisamm erschnüffelte sich den Grasweg bis zum Ufer, wo der Geruch auf der Steinkante von Algen überdeckt wurde. Aber der Badesteg stank umso deutlicher danach. „Ein Mensch, stinkende Beutel und das Boot waren gleichzeitig hier", fasste er zusammen. „Nicht ausgeschlossen, dass der Mensch die Tüten auf dem Steg abgelegt hat, während er in das Boot stieg."

„Oder er kam mit Beuteln und legte sie ab, während er ausstieg", krähte Ralle und trippelte auf den verdächtigen Planken hin und her. Hier und da hackte er neugierig hinein, um allerdings außer Splittern keine Erkenntnis zu gewinnen.

„Wir werden ihn im Auge behalten. Und sein Boot, falls es ohne ihn kommt", sagte Bisamm entschlossen. „Die Tüten sind auf jeden Fall die Wehrloseren bei diesem Ereignis. Tüten ertränken. Pfui! Wer macht das schon."

Während sie noch auf dem Badesteg nachdachten, schlenderte auf dem Uferweg Grünbein heran, augenscheinlich satt und zufrieden. „Was macht ihr denn auf dem Steg? Glaubt ihr, dass die Möwen euch da Muscheln hinlegen?", fragte er keck.

„Im Gegensatz zu dir essen wir nicht dauernd", antwortete Ralle spitz.

Untertreib mal nicht, war Bisamm versucht zu sagen, aber er hielt den Mund.

„Und, waren deine Fischchen bekömmlich?", reizte Ralle ihn.

„Ich esse erstens überhaupt nicht dauernd. Und zweites habe ich heute strengen Veggieday", entgegnete Grünbein würdevoll. „Water-Veggieday. Das ist etwas Anderes, als Herzmuscheln und Fische zu schlemmen.“

„Ey produzier mich nicht alda, isch schwöare, sonst werd isch gleich attraktiv!“ Ralle plusterte sich zur doppelten Größe auf.

„Lass nur, Kleiner“, meinte Grünbein gönnerhaft. „Du imponierst mir nicht.“

„Übrigens schlemmen wir gar nicht. Nur geraten uns immer leckere Sachen in den Weg. Stimmt`s, Bisamm?“

„Ja.“

„Warum bist du so still?“

„Ich muss noch dringend mit dem Sumpfhasen reden. Ihn warnen, weil wir doch schädlich sind. Aber ich weiß nicht, wie. Zwischen uns gibt es nur Streit. Jedes Mal wegen irgendwas Anderem, und nie komme ich dazu, ihm von unserer Schädlichkeit zu berichten.“

„Dann lass es doch einfach“, trällerte Ralle.

„Das geht nicht, weil wir alle in Gefahr sind. Erinnerst du dich an den Jäger, mit dem deine Mutter Streit hatte? Sie hat dir bestimmt erzählt, dass er hinter uns her ist.“

„Galla sagte, dass er nach Eiern suchte. Aber ihre hätte er nicht bekommen.“

„Ja, nach denen auch. Ich mache mich jetzt auf den Rückweg in den Bau.“ Sehr ungern und zögernd wanderte Bisamm los.

Es war für ihn ein Glücksumstand, dass Sumpfhase auf dem Warfabhang in der Nähe des Eingangs ruhte. Er richtete sich argwöhnisch auf, als Bisamm kam. „Ach, du bist es nur“, sagte er.

„Ja, ich nur. Ich muss mit dir sprechen.“

„Ich aber nicht mit dir.“

„Wühler war immer bereit, andere anzuhören.“

„Mag ja sein, aber jetzt ist er alt und taugt zu nichts mehr.“

„Willst du mich nun anhören oder nicht?“

„Meinetwegen. Fass dich kurz.“

„Gut. Gefahr droht. Wir gelten als schädlich.“

Sumpfhase warf sich vor Gelächter auf den Rücken. „Das ist alles? Und damit kommst du zu mir?“

„Zu wem sonst? Du bist doch derjenige, der behauptet, das Oberhaupt der Bisamratten zu sein.“

Sumpfhase kehrte wieder in Sitzposition zurück. „Das stimmt. Also?“

„Es scheint, dass der Mann in Grün, den Galla einen Jäger nennt, hinter ihren Eiern, hinter grauen Ratten und hinter uns her ist. Mit einem Gewehr.“

„Ja, kenne ich“, antwortete Sumpfhase verächtlich. „In Kiel traten diese Männer in Grün in Massen vor dem Abgeordnetenhaus auf, und alle machten viel Lärm mit Blechhörnern. Vor denen brauchst du keine Angst zu haben. Nett, dass wir uns heute mal freundschaftlich unterhalten konnten.“ Er wandte Bisamm das Hinterteil zu, und damit war das Gespräch für ihn beendet.

„Galla hat nicht verstanden, dass der Straßenname Galla-Kriegspfad in Wirklichkeit eine Beschimpfung ist. Aber Ralle sicherlich.“ Bevor Sumpfhase schon wieder den Angriff auf Ondat und Zibeth anführen konnte, machte Bisamm einen Vorschlag. „Wir brauchen Galla und Chloropus als Wächter gegen den Jäger. Vielleicht könntest du die beiden irgendwie darin bestärken, dass sie uns nützlich sind.“

Sumpfhase schwieg, und Bisamm ging.

12. Landunter

Das Wetter war unbeständig. Der Wind hatte schon wieder die Richtung geändert und kam jetzt von der Nachbarhallig Hooge herüber.

Und er nahm derart zu, dass das Wasser im Fething Wellen schlug und Galla im Nest starken Seegang bekam. Bisamm, der Pläne für einen Ausflug geschmiedet hatte, blieb im Bau, weil seine Ahnungen ihn warnten.

Zita strafte ihn mit Verachtung, und er drückte sich in eine Ecke um zu schlafen. Die anderen Bisamfrauen tuschelten über ihn, das hörte er sehr wohl. Eine der jetzt mutig werdenden Nachgeburten zwickte in seinen Schwanz und rannte dann davon. Kurz danach kamen drei aus dem gleichen Wurf, um ihn ebenfalls zu ärgern. Nicht ausgeschlossen, dass sie allesamt schon von Sumpfhase abstammten. Ruhe bekam er nicht.

Unerwartet rief Sumpfhase zu einer Sturmversammlung auf. Bisamm ignorierte sie und blieb in seiner Ecke, hörte aber im Halbschlaf gelegentlich mit. Aufmerksam wurde er erst, als der Name Galla fiel. Seit wann erwähnte Sumpfhase Galla?

„Ich habe gehört, dass der Sohn der großen Kriegstreiberin Galla beleidigt wegen des treffenden Straßennamens ist", begann Sumpfhase. „Da die Familie unsere Untermieterin ist, ist das wohl etwas unklug, sie in dieser Stimmung zu lassen. Ich denke, ich werde sie versöhnlich stimmen müssen, zum Beispiel mit dem Grünbeinring. Der führt seit heute um die Bandixwarf. Die hat keinen Fething, also wird der dumme Hahn nie dort hinfliegen. Damit ist die Sache erledigt, auch für Ralle und Galla!"

Es wurde Beifall geklatscht.

Richtige Beunruhigung erfasste Bisamm aber erst, als Zita später mit Mäuschen zu tuscheln begann. Immer wieder fiel der Name Mäuschengasse. Zita schien ihre Tochter überreden zu wollen, Sumpfhases großzügiges Geschenk anzunehmen. Zwischen Ketelswarf und dem Leuchtturm hatte er gesagt. Bisamm kannte die Gegend am Leuchtturm noch nicht und hatte ihn auch noch nie erblickt. Aber er stellte sich ein kurzes Stück Weg zu einem Türmchen vor, das hinter der nächsten Warf verborgen war.

Noch mehr Jungtiere kamen und umzingelten Bisamm, ihrem Geruch nach aus dem benachbarten Bau. Das unaufhörliche Mobben wurde lästig. Bisamm entschloss sich, draußen einen Rundgang zu machen. Die Jungen machten wenigstens keine Anstalten, ihn daran zu hindern.

Oben auf dem Ringwall kauernd, blickte er über eine fast ununterbrochene Wasserfläche, die bis zum Fuß der Warf reichte. Nur einzelne Grasinseln ragten noch aus dem Wasser heraus. Das Brausen des Sturmes füllte die Luft. Und auf den grauen Wegen, die von der Warf hinunter auf das Halligland führten, standen jetzt Rinder dicht an dicht und muhten ihre Verärgerung hinaus.

Der Wind war so stark, dass er Bisamm von den Beinen riss, deshalb kroch er vorwärts. Ein paar Schritte weiter hockte Wühler, der es geschafft hatte, sich nach oben zu schleppen. Er schlief vor Erschöpfung. Bisamm wollte ihn nicht wecken. Aber plötzlich sprach er. „Bisamm. Auch vertrieben?“ Erst dann öffnete er die Augen.

„Na ja, nicht ganz. Aber in unserer Burg ist es nicht mehr angenehm. Sumpfhases Sippe ist dabei, sie zu übernehmen. Die Jungen machen Ärger.“

„Alle, die Sumpfhase nachschlagen.“

„Und wer sich nicht fügt, wird geködert“, bemerkte Bisamm düster. „Er vergibt weiterhin Straßennamen. Sein jüngstes Angebot ist die Mäuschengasse. Sie hat abgelehnt, aber inzwischen wird sie von ihrer Mutter beschwatzt anzunehmen."

„Zita war immer nachgiebig. Mäuschen habe ich nicht mehr so gut kennengelernt. Wo verläuft denn die Mäuschengasse?"

„Von der Ketelswarf bis zum Leuchtturm. Wo der steht, weiß ich nicht."

„Kein Wunder. Er ist so weit weg, dass man ihn von hier aus kaum sieht. Das ist eine Riesenstrecke für Wandergeschwindigkeit."

„Es ist also ein großzügiges Lockangebot."

„Für Mäuschen sicher eine Prachtstraße, weil sie die Strecke bestimmt auch nicht kennt. Aber das täuscht", sagte Wühler entschieden. „Die harte Steinpflasterung ist nicht für unsere Füße mit Krallen gedacht. Und zwischen den Steinen wachsen nur salzige Pflanzen, die Queller genannt werden. Das Gelände daneben ist von Gräben mit Matsch zerrissen, man kann weder schwimmen noch laufen. Dort gibt es nur Halligflieder mit harten Blättern. Und unterhalb dieses Weges ist nicht etwa Sand, sondern Schlick. Den mögen weder Herzmuscheln noch wir."

„Also kein Bisamrattengelände", schloss Bisamm. „Nichts zu snacken."

„Ganz und gar nicht. Wird Mäuschen annehmen?"

„Ich glaube nicht", sagte Bisamm zögernd.

„Aber Frauen betrachten ein solches Angebot anders als wir. Als Schmeichelei vor allem."

„Zita fiel sofort darauf rein."

„Ich weiß. Ja, Sumpfhase ist schlau. Er hat diesen Abgeordneten in Kiel erfolgreich zugehört. Pack, das! Trotzdem musst du das bei Zita anders betrachten", meinte Wühler in verständnisvollem Ton. „Sie hat die Entwicklung vorausgesehen. Ich bin alt und werde bald sterben. Sumpfhase ist zwar noch etwas älter, aber er hält sich und ist äußerst ehrgeizig. Und Zita muss als Weib des neuen Familienoberhauptes auf seiner Seite stehen. Er würde sich sonst sofort ein neues, jüngeres Weib zulegen."

Mäuschen etwa? War das der Plan? Bisamm behielt den Verdacht für sich.

Auch Branda ruhte auf der Warf. Sie steckte den Kopf unter einen Flügel und war nicht ansprechbar. Sie trauerte um ihre Eier. Tade, Ralle und all die anderen Brandgänse befanden sich in der Nähe. Große Möwen wanderten umher, und in den Holunderbüschen drückten sich Spatzenschwärme an die Äste.

„Läuft?", fragte Ralle.

„Läuft nicht", antwortete Bisamm betrübt und kroch weiter. Ihm war es hier zu wühlig.

Zwischen den Häusern war es ruhiger. Im großen Fething war anscheinend überhaupt niemand, und er sprang hinein. Auch er musste mal snacken.

Bisamm graste sich unter Wasser an den Wurzeln verschiedener Wasserpflanzen entlang, bis er plötzlich auf Grünbeins Füße stieß. Unverkennbar. Bisamm tauchte auf. „Auch auf Schilf aus, Grünbein?"

„Auf Larven, wo es doch ausnahmsweise heute hier so leer ist …", antwortete Grünbein versonnen und schluckte mit Genuss. „Hüpferlinge, Milben, Asseln … Oh."

„Das schmeckt tierisch gut, sehe ich auch so. Macht nichts, ich verrate keinen Bruder von Ralle. Übrigens bist du seit Neuestem der Namensgeber des Grünbeinrings. Sumpfhase hat ihn dir zu Ehren so benannt. Wusstest du das?"

„Nein, wie entzückend!", rief Grünbein geschmeichelt aus, wippte ekstatisch mit den Schwanzfedern und nickte beifällig.

Er war so mit sich selbst beschäftigt, dass Bisamm seinen Unterwasserweg fortsetzte. Plötzlich traf er auf ein großes Rohr, das in das Innere der Warferde zu führen schien. Er passte gut hinein, es war breiter als jede Bisamröhre. Eine leichte Strömung sagte ihm, dass das Wasser irgendwo hinführen musste. Er konnte nicht widerstehen und folgte ihr.

Er schwamm gar nicht weit, bis er gegen eine Metallwand stieß, aus der das Wasser hinaussickerte und etwas Tageslicht hereinkam. Bisamm stieß die Klappe nach außen auf und fand sich auf dem Abhang auf der Südseite der Warf wieder. Knapp oberhalb der Wasserlinie, und die auflaufenden Wellen bespritzten ihn.

Er hockte sich hin und bedachte die Möglichkeiten, die sich für ihn daraus ergaben. Vor allem eine eigene Burg im großen Fething. Mit einer von Menschenhand angelegten Ausgangsröhre. Konnte man sich etwas Besseres vorstellen?

Er sah sich um.

Tang und Seegras waren auf die Warf geschwemmt worden, stellenweise rollten sich die Pflanzen zu dicken Walzen zusammen. Die beste Möglichkeit überhaupt, um kleinere Erdbewegungen im Inneren der Warf unkenntlich zu machen. Bisamm frohlockte.

Eine eigene Burg, ein eigenes Weib, was konnte es Schöneres geben. Und unterhalb der Warf hatte er an trockeneren Tagen schon die Priele entdeckt, die sich Richtung See schlängelten, sich dabei aber noch im Land mit weiteren Wasserflächen vereinigten, an denen jede Menge Schilf und Gras wuchsen.

Bisamm hatte ein neues Land entdeckt, und er würde es zu nutzen wissen. Mit dieser großartigen Aussicht kehrte er in die Burg im kleinen Fething zurück, in der alles nach Sumpfhases widerwärtigem Moschus stank.

13. Ranzratte

Jetzt wusste Bisamm, wo er sich einen eigenen Bau anlegen konnte, Sumpfhases Inbesitznahme der ganzen alten Burg hatte seinen Entschluss beschleunigt.

Am nächsten Tag war das Wasser großteils von der Hallig abgeflossen, nur auf der Straße unterhalb der Warf schimmerten in der Sonne noch einige Pfützen. Aber niemand störte Bisamm, als er anfing, neben der Metallröhre einen Gang zu graben, der im Inneren der Warf in die Höhe führen sollte, ein kleiner Notausgang für alle Fälle. Weitere Gänge würde er vom großen Fething aus graben, die sich mit diesem vereinen würden. Die lose Erde spritzte unter seinen Hinterbeinen hindurch und verschwand in dem zu Rollen zusammengeschobenen Tang.

„Läuft?", hörte Bisamm hinter sich.

Er schob sich rückwärts raus und sah sich um. Ralle saß auf einem Tanghaufen und äugte auf die herausgeflogenen Erdklumpen, wie zu erwarten neugierig. „Läuft", bestätigte Bisamm zufrieden. „Und selber?"

„Alles gut."

In der Ferne klapperte es. Ralle legte den Kopf schief und lauschte. Das Geräusch, wenn jemand auf der Holzbrücke über den Priel fuhr. „Der große Rollwagen kommt."

Bisamm kehrte in seine angefangene Röhre zurück und legte den Kopf auf die Vorderfüße, um den Rollwagen zu beobachten. Der Erfahrung nach würde er hier halten, um die Besucher ins Café zu entlassen und in ein unbewohntes Haus auf der Warf, das nach altem Holz roch und eine Spur nach Schimmel. Noch wusste er nicht, wozu es diente.

Ralle blieb, wo er war, er war ja nicht gefährdet und außerdem von dunkler Farbe. Er duckte sich nur tiefer in den Tanghaufen.

Die Zweibeiner kletterten aus dem Rollwagen heraus, der mehrere Türen hatte. Entsprechend der Anweisung des Familienoberhauptes auf dem vorderen Gefährt, das Gestank und Lärm von sich gab, wanderten sie den Weg nach oben auf die Warf zu dem unbewohnten Haus, wo sie abwartend stehen blieben.

Bisamm und Ralle schlichen neugierig hinterher, um die Besucher zu beobachten.

„Wollen Sie alle ins Museum?“, fragte die junge Frau, die am Eingang immer den Befehl übernahm und ganz viele Zweibeiner ins Haus lockte. „Dann hier entlang. Sie können sich, wenn Ihnen das Museum schon bekannt ist, auch auf der Warf umsehen.“

Einer blieb zurück. Er stak in einem blauen Arbeitsanzug. Seine schwarzen Haare fielen ihm über die Augen, und dazu trug er noch einen wallenden schwarzen Bart.

„Ranzratte“, gruselte sich Ralle.

„Na, na“, tadelte Bisamm, bis ihm wieder einfiel, dass er selber gar keine Ratte war.

Da sie nicht wagten, in das Haus zu gehen, folgten sie der Ranzratte. Bisamm schnupperte konzentriert an ihren Spuren. Dann wusste er Bescheid. „Das ist der Mann, der am Sood war“, raunte er Ralle zu. „Der Tüten ertränkt und wahrscheinlich das Boot gezwungen hat, mit ihm herzukommen.“

„Ob er heute den Rollwagen gezwungen hat?“

„Wer weiß. Er scheint Macht über andere zu haben. Wir sollten vorsichtig sein“, warnte Bisamm.

Sie schlichen ihm zwischen den Häusern nach, bis er am Sood stehenblieb. Dort versteckten sie sich unter der dichten Ligusterhecke.

Der Mann strich sich durch die Haare, wobei er sich unauffällig umsah.

„Der ist ja räudig", gackerte Ralle fassungslos.

„Ich geh mal näher ran."

„Musstu vorsichtig sein. Sieht aus wie ein Killa."

Während Bisamm näher kroch und sich auf halbem Weg hinter dem Birnbaum versteckte, öffnete der Mann zügig die Klappe des Soods, um hinunterzuspähen. Er verzog vor Ekel das Gesicht und schlug den Deckel wieder zu.

Ein Schwall von Verwesungsgeruch erreichte Bisamm.

Danach huschte Ranzratte zum Gartentor hinaus und wanderte dann mit den Händen auf dem Rücken weiter, gemächlich wie jeder Besucher mit mäßigem Interesse. Er schlug einen Bogen um den großen Fething herum.

Dort hüpfte ihm Jorke entgegen. Bisamm und Ralle verschwanden blitzschnell in einem Gewirr von Weidensprösslingen am Fethingrand.

„Moin", grüßte Jorke fröhlich. „Interessieren Sie sich auch so für die Hallig? Ich kann Ihnen etwas über die Ketelswarf erzählen. Soll ich?"

„Wenn du möchtest", sagte er. „Ich habe Zeit."

Bisamm wäre lieber gewesen, der Mann hätte keine Zeit gehabt. Jorke war die Freundin einer Bisamratte, nicht einer Ranzratte.

Wie einer von den Schützern bei der Touristenführung begann Jorke begeistert von den einzelnen Häusern zu erzählen, sprach über die Fethinge, wo eine Teichhuhnfamilie wohnte und über die Schutzräume für den Fall von ganz schwerem Orkan und Landunter. „Strom und Wasser bekommen wir vom Festland."

„Wohnst du hier?", fragte Ranzratte pflichtschuldig, ein wenig gelangweilt.

„Nicht immer. Nur in den Sommerferien. Aber es gibt immer etwas Neues zu sehen. Etwas ganz Spannendes habe ich vor kurzem entdeckt – ich und noch ein paar Leute."

„Was denn?“, fragte er etwas aufmerksamer und lauschte gleichzeitig zum Museum. Das gleichmäßige Gemurmel aus dem offenen Fenster mahnte nicht zur Eile.

„Wir haben eine Zisterne, aus der stinkt es gottserbärmlich“, verkündete Jorke stolz.

Ein Schwall von Ranzrattengeruch traf Bisamms empfindliche Nase. Ungewaschenes Haarkleid durchsetzt von scharfem Menschenschweiß.

„Da liegt bestimmt eine Leiche drin. Aber Papa meint: Rattenleichen.“

„Das könnte doch gut sein“, befand Ranzratte. „Dein Vater kann das bestimmt beurteilen. Und welche Leute waren bei deiner Entdeckung dabei?“

„Leute?“ Ein wenig Verwirrung stand in Jorkes Gesicht geschrieben, dann besann sie sich. „Ach, so, die Leute. Ein B…, ein Dackel und sein Herrchen. Die sind schon abgereist. Der Dackel war ein Schmusehund, der interessierte sich nicht für Ratten. Und der Mann war die reinste Wandelmasse mit Gewichtsproblemen.“

„Aha.“ Der Besucher lauschte wieder in Richtung Museum. Die erklärende Stimme war verstummt. Er gestikulierte in eine unbestimmte Richtung. „Ich muss los, sonst fahren die ohne mich weg.“

„Ach, Sie sind mit dem Fossilientransporter hier, womit ich nicht Sie meine. Und fahren jetzt zur Kirche weiter.“

„Ja, genau.“ Ranzratte grinste und reichte Jorke die Hand. „War nett, dich kennenzulernen. Bleibst du noch lange?“

„Nur noch ein paar Tage.“

Als der Mann davoneilte, war der Ranzrattengeruch wieder auf Normalmaß zurückgegangen. Jorke winkte, aber Bisamm sah ihm nachdenklich hinterher.

„Den sind wir los“, stellte Ralle erleichtert fest. „Ich geh snacken.“

Jorke lief zum roten Haus zurück, und auch Bisamm machte sich gemächlich auf den Rückweg zum Bau. In einem Garten ließ er einige Topinamburknollen mitgehen, dann naschte er hier und da am Rand des Weges duftendes Gras und nahm schließlich eine frische halbe Birne aus einem offenen Holzkasten, in dem Gras moderte.

Ralle plumpste neben ihm auf die Wiese. „Bin schon zurück. Der grüne Mann war eben da.“

„Und?“

„Er hat einen Kasten aufgestellt. Auf dem Weg, den ihr Galla-Kriegspfad nennt.“

„Und?“

„Uns interessiert so ein Gerät nicht. Es riecht nicht, und ich sehe nichts an ihm, außer dass es sich um einen Kasten handelt. Wir kümmern uns nicht um Kästen von grünen Männern.“

„Juckt?“ Bisamm fand sich mit seinen neuen Sprachkenntnissen sehr souverän.

„Vielleicht dich. Vielleicht ist er für euch bestimmt.“

Bisamm sprang vor Schreck eine Handbreit in die Höhe. Jetzt begriff er erst richtig. „Dann bedeutet er nichts Gutes. Zeig ihn mir“, sagte er entschlossen.

Der Kasten stand dort, wo der Galla-Kriegspfad in den Grasweg zum Ufer überging. Er war unauffällig, hatte eine Öffnung, die von einem Dach geschützt wurde, und roch nach Apfel. Hätte es sich um Topinambur gehandelt, wäre Bisamm vielleicht ohne zu zögern unter das Dach getreten. So aber schnupperte er Unrat und ging um den Kasten herum, während er über ihn nachdachte. „Riechst du den Apfel wirklich nicht, Ralle?“

„Nein.“

Bisamm versuchte in die Öffnung zu spähen. Nichts. „Dein Hals ist beweglicher, Ralle. Probier´s mal.“

„Nichts“, befand Ralle, nachdem er sich gehörig verrenkt hatte.

Bisamm überlegte. „Dies erfordert Hilfe. Jorke.“

Ralle flatterte davon.

Jorke schaukelte auf der Schaukel des Ferienhauses, die Hannibal nie benutzt hatte. Außer ihr war kein Zweibeiner zu sehen. Bisamm stürmte hin, bremste vor ihr und wartete, bis sie ihn im Blickfeld hatte, dann drehte er um und lief zurück. Beim dritten Versuch verstand Jorke, dass sie ihm folgen sollte.

Bisamm führte sie zum Kasten. Sie betrachtete ihn stirnrunzelnd. Augenscheinlich hatte auch sie keine Erklärung, obwohl es ein menschlicher Kasten war. Dann aber dauerte es nicht lange, bis sie unter die Klappe griff.

Die schwere Haube fiel herunter. „Au“, schrie Jorke erzürnt, zog die Hand heraus und mit ihr ein Stück Apfel. „Das tut weh! Das war doch bestimmt dieser grüne Miesepeter.“

Bisamm klopfte Zustimmung mit seinem Schwanz.

„Hier Fallen aufstellen! Biberchen, ich werde meiner Mutter Bescheid sagen“, erklärte Jorke erbost. „Die wird diesem Beta aber Beine machen, das verspreche ich dir!“

Für den Augenblick beruhigt, lief Bisamm zum Bau zurück und suchte nach Sumpfhase, ohne ihn zu finden. Niemand hatte ihn im verzweigten Gangsystem gesehen. Nach einer Weile gab Bisamm auf und kroch wieder ins Freie, um zu entdecken, dass Sumpfhase auf der Innenseite des Ringdeichs herumstromerte, beschützt von der wachsamen Galla im Nest, was er nie öffentlich anerkennen würde.

In Sumpfhases Nähe saß Mäuschen und putzte sich sorgfältig und auffällig langsam, bis ihr Fell glänzte. Ab und zu wanderte Sumpfhases Blick zu ihr hin.

Bisamm sprang Sumpfhase in den Weg, um ihn aufzuhalten.

Sumpfhase musterte ihn. „Haben wir etwa wieder eine neue Gefahr aufgetan?“

„Haben wir. Ralle Teichhahn und ich“, antwortete Bisamm, ohne sich mit Sumpfhases süffisantem Ton aufzuhalten. „Ein Kasten, der Bisamratten fängt, steht unterhalb der Warf am Ende des Galla-Kriegspfades. Er riecht verlockend nach Apfel, und wer zu weit hineinschnuppert, wird von der herabfallenden Klappe erschlagen. Du musst alle warnen.“

„Glaubst du wirklich, du solltest mir Ratschläge erteilen?“, fragte Sumpfhase mit deutlicher Verachtung in der Stimme.

„Du brauchst sie anscheinend.“

Sumpfhase dachte mit krauser Nase nach und antwortete bedächtig. „Meine innere Herangehensweise an einen solchen ungeheuren Verdacht ist, zu überprüfen, ob dieser Verdacht berechtigt ist. In diesem Fall dürfte es sich um eine überschaubare Gefahr handeln. Es gibt keine Bisamfallen. In Kiel hatten wir keine.“

„Soll ich dir den Kasten zeigen?“

Sumpfhase setzte eine spöttische Miene auf. „Meinetwegen. Wichtigtuer lässt man am besten in ihre eigene Falle laufen.“

Sie waren noch nicht am Kasten angekommen, als Sumpfhase sich in Galopp setzte und Bisamm hinter sich ließ. „Der Apfel gehört mir! Ich habe ihn als erster gerochen.“

„Du bist auf einem guten Weg“, rief Bisamm ihm nach. Direkt in die Falle, falls der Jäger inzwischen dagewesen war und sie wieder hergerichtet hatte.

Der keuchende Sumpfhase stoppte erst direkt vor dem Kasten.

Die Klappe lag noch unten, so wie Bisamm und Jorke sie verlassen hatten. Sumpfhase kratzte mit den Grabnägeln an ihr, dann zwängte er seine Nase in den Spalt zwischen Klappe und Gehäuse und bekam schließlich ein Stückchen Apfel zu fassen, das er triumphierend herauszog. „Glaube nur nicht, dass ich es mit dir teile“, stieß er kauend hervor. „Ich bin der Entscheidungsträger und habe als Erster Anspruch auf Leckereien.“

„Ich glaube keineswegs, dass du jemals etwas mit anderen teilen würdest“, antwortete Bisamm und sprang davon.

In der Burg, in der es so heimelig nach Zita und den ganz jungen Milchgeschwistern roch, rollte er sich in einer Ecke zusammen, um zu schlafen. Dieser Tag war sehr aufregend gewesen.

14. Das Merkeln

Am nächsten Morgen wurde Bisamm von der lauten Stimme des Entscheidungsträgers geweckt.

„Es gibt immer wieder Bisams und Bisaminnen, die mir einfach nicht zuhören und deshalb irgendwann glauben protestieren zu müssen. Ich sage es hier noch ein weiteres Mal: Wir sind auf dem richtigen Weg, aber wir brauchen Zeit."

„Wobei eigentlich?", quäkte gleich hinter der Biegung des Ganges jemand nörglerisch, und Bisamm meinte verwundert, Ondat herauszuhören. Wahrscheinlich stimmte das, denn die Antwort hörte sich nach Zibeth an.

„Keine Ahnung. Auf dem neuen Weg, denke ich."

Bisamm drückte sich noch enger an die Wand, im Bewusstsein, dass es ihm gegen die beiden nicht helfen würde, wenn sie vorhatten, über ihn herzufallen. Gleichzeitig wunderte er sich darüber, so etwas wie Verärgerung über Sumpfhase bei Ondat zu hören, was aber nicht stimmen konnte, denn sie waren beide seine unerschütterlichen Gefolgsbisams.

„Wie heißt denn der neue Weg, Onkel Sumpfhase?", schrie Ondat.

„Ach da seid ihr ja, meine beiden treuen Helfer", dröhnte Sumpfhase. „Ich habe euch schon vermisst. Kommt mal nach vorne, damit ich nicht auch noch schreien muss."

Die Brüder arbeiteten sich offensichtlich sehr robust durch die Versammlung zu Sumpfhases Plattform, denn Bisamm hörte helle Stimmen von offenbar getretenen Jungtieren und beschwichtigende von ihren Müttern. Zita schimpfte ihre Kleinste vernehmlich aus, weil sie im Weg gestanden hatte, und auch niemand anders beschwerte sich bei den Rohlingen.

„Ich habe einen neuen Feind ausgemacht", begann Sumpfhase bedächtig, als wieder Ruhe eingekehrt war.

Aha, der Jäger und die Bisamfalle, dachte Bisamm.

Schnell reagierte Sumpfhase ja nicht auf seine Warnung, aber es würde vermutlich reichen, denn gestern Abend war der grüne Mann bestimmt nicht mehr dagewesen, um die Falle wieder scharf zu machen. Auf der Warf wohnte er nicht. Sollte der neue Weg womöglich Jägerpfad genannt werden? Es wäre ein guter und im Gedächtnis bleibender Hinweis auf die Gefahr.

„Der Feind nennt sich Ralle und ist ein frecher Teichhahn, Sohn von Galla Kriegshuhn", erklärte Sumpfhase. „Bisamm ist sein Freund und lässt sich von ihm Ratschläge erteilen. Eine Bisamratte und ein Huhn, nicht zu glauben! Es war fast zu erwarten, dass sich unser Bisamm, euer Bruder und Vetter, bei ihm so anbiedert, dass sie praktisch dauernd zusammenhocken und Unsinn aushecken. Und Gefahren sehen, wo keine sind, um schlichte Gemüter mit ihren Warnungen zu verführen."

Das Geräusch, das darauf erfolgte, hörte sich für Bisamm wie ein gemeinschaftliches entsetztes Aufstöhnen an. Er würde geächtet werden.

Aber Sumpfhase fuhr anders fort als Bisamm erwartete.

„Ich bin sehr optimistisch, dass es uns auf Dauer gelingt, die Teichhühner von der Hallig zu entfernen, und, wie gesagt, es ist überhaupt nicht die Zeit, über Alternativen nachzudenken, und deshalb braucht man sich gerade in der augenblicklichen Situation, wo ja sehr wenige neu auf die Hallig kommen und wo ja auch die, die kommen, von Ondat und Zibeth sorgfältig gezählt werden – selbst vor meinem Einzug hier kamen ja so viele, dass wir das recht gut im Griff hatten; es waren immer noch zu viele, wenn man es auf das Jahr hochrechnet –, aber ich glaube, dass der andere Weg Erfolg haben kann und dass es sich absolut lohnt – und das ist ja immer die Abwägung: Lohnt es sich zum jetzigen Zeitpunkt noch, für diesen Weg zu arbeiten – und ich sage eindeutig Ja." Sumpfhase strich sich äußerst zufrieden mit seiner langen Rede die Schnurrbarthaare.

Die Versammlung rührte sich nicht. Auch Bisamm hatte nicht begriffen, was er meinte.

„Und wie heißt nun dieser neue Weg?", fragte Ondat, der vermutlich noch weniger verstanden hatte, ungeduldig.

„Ralleschlupf. Das ist der Durchschlupf zwischen dem Kotplatz der Zweibeiner - das ist dieses kleine rote Häuschen -, und einem ausgehöhlten Stein, in dem sie die Toten ablegen, die in dem großen roten Haus keinen Platz finden."

„Das ist die richtige Antwort auf den schrecklichen Ralle", piepste Mäuschen, die inzwischen Sumpfhases Ehrung in einem Unter-vier-Augen-Gespräch angenommen hatte und sehr zufrieden war, wie man hören konnte, denn niemandem war eine längere Straße gewidmet worden.

Zita, die an diesem Tag nicht neben Mäuschen stand, verzog keine Miene.

Bisamm hatte genug gehört. Trotz seiner Jugend und Unerfahrenheit, aber aufgrund von Wühlers Erklärungen ahnte er, dass zu diesem Zeitpunkt jede Warnung vor der Falle des Jägers wirkungslos verhallen würde. Möglicherweise würden sie ihn sogar gemeinschaftlich aus dem Bau vertreiben.

Mittlerweile war in der Versammlung der Geräuschpegel so angestiegen, dass Bisamm es nicht nötig hatte, sich hinauszuschleichen. Wie an jedem anderen Tag tappte er durch den Gang und trat hinaus in die Morgendämmerung, streckte sich und putzte sich ein wenig.

Über dem Festland ging gerade die Sonne auf, ein dünner Nebelschleier spaltete sie in ein Oben und ein Unten. Ralle flatterte an seine Seite und begrüßte den Tag mit einem verhaltenen, zufriedenen Gackern.

„Alles klar, Bis?“, erkundigte Ralle sich.

„Nicht viel“, antwortete Bisamm ehrlich. Mit der Gesellschaft der Bisamratten im Nacken, hatte er das dringende Bedürfnis, das Weite zu suchen. „Was wollen wir mal unternehmen?“

„Wir merkeln ein bisschen. Bis mittags“, entschied Ralle. „Die Sonne tut den Federn gut.“

„Meinen Federn nicht. Sie sträuben sich, wenn ich vom Merkeln höre“, klagte Bisamm unruhig.

„Merkeln ist nicht: nichts tun. Merkeln ist vorausschauend“, sprach Ralle dagegen. „Wenn andere in Aktion treten, lehnt man ab. Man behauptet, dass es blöd ist, was sie tun, und man selber einen besseren Plan hat.“

„Welchen?“

„Taktisches Abwarten.“

Bisamm scharrte erbost mit den Pfoten. „Also wieder nichts tun.“

„Ja, aber man lauert darauf, im richtigen Augenblick loszuschlagen. Die Gegner hinwegzufegen.“

„Soll ich das jetzt schlau finden? Ich habe keine Gegner.“

„Wie du es finden sollst, musst du selbst entscheiden. Ich bin da neutral. Ich finde es nur dämlich.“

Bisamm ratterte vorsorglich trotz des nicht vorhandenen Gegners. „Aber wir sind keine zweibeinigen Damen mit einer Taktik, sondern ein Teichhahn und ein Bisam, beide jung, tatkräftig und voller Ideen. Ich will etwas erleben.“

„Ich auch. Lass uns einen Ausflug machen.“

Auf dem Weg zum Leuchtturm schloss sich ihnen Tade an. Er flog über ihren Köpfen, zuweilen vorneweg, bis er umkehrte, um Bisamm und Ralle nicht zu verlieren, die auf dem weichen grünen Grasstreifen zwischen Straße und Priel unterwegs waren. „Achtung, da vorne kommen Pferde“, schrie er mitunter. „Lasst euch nicht von ihnen einkleckern.“

Bisamm und Ralle tauchten in den Graben ab und versteckten sich unter dem überhängenden Gras.

Als sie wieder oben waren, Bisamm im ausgreifenden Galopp und Ralle halb fliegend, halb laufend, wurden sie nacheinander vor zwei Säbelschnäblern, Ameisen und zwei Zweibeinern gewarnt, die einen Kasten mit einem Nestjungen schoben. Es greinte kläglich.

Kein Wunder, wenn es doch durch das Ruckeln ständig im Schlaf gestört wurde, dachte Bisamm mitleidig und sah ihnen nach.

Kleine Rollwagen kamen ihnen auch entgegen, aber die brausten vorbei, ohne sich um Halligbewohner zu kümmern. Der Rollwagen mit den vielen Türen im Anhänger überholte sie. Von keinem ging Gefahr aus, niemand beobachtete sie. Außer Jorke. Sie beugte sich aus dem Fenster und winkte ihnen zu.

Endlich waren sie am Ende der Hallig angekommen. Von der Steinkante aus schauten sie tief hinunter, wo sie Wasser oder grauen Schlick erwarteten. Stattdessen erstreckte sich weißer Sand in die See soweit das Auge blickte. Und Bisamm konnte scharf sehen.

„Ich bin hier zwar noch nie gewesen", gab Tade zu „aber im Sand muss es Herzmuscheln geben!"

„Nur Austern!", mischte sich überlegen ein Austernfischer ein, der in der Nähe stand, während eine große Möwe den Neuankömmlingen mit abgewandtem Kopf ihre Verachtung zeigte.

„Nichts wie rein in die Muscheln!", jauchzte Bisamm und hüpfte die von Zweibeinern zur Verfügung gestellte Treppe Stufe für Stufe hinunter.

Er sprang in ein schmales, unterhalb der Treppe sanft fließendes Rinnsal, um es zu durchqueren, und hievte sich dann jenseits davon auf die Sandbank. „Tade, wo bist du denn?", rief er. „Such mal Herzmuscheln!"

„Bin doch schon dabei", antwortete der und buddelte den Sand eifrig um.

Bisamm setzte sich auf sein Hinterteil und wartete ab. Tade war der Spezialist in Herzmuschelsuche. Wenn er keine fand, gab es keine. Ralle beteiligte sich gar nicht. Er stand oben auf den Ufersteinen, putzte sich ausgiebig und hatte für nichts Anderes als seine Federn Augen.

Bisamm wartete. Wahrscheinlich war dies das Merkeln, von dem Ralle gesprochen hatte. Nichts tun, andere die Arbeit machen lassen und dann plötzlich die Ernte einfahren, in diesem Fall die Herzmuscheln. Diese Variante von taktischem Abwarten war gar nicht schlecht. Allerdings würde er sich die Muscheln natürlich mit Tade teilen, was wahrscheinlich nicht zum Merkeln gehörte.

Allmählich wurde der Sand unter Bisamms Hinterteil nasser. Er sank in eine Pfütze ein. Das machte ihm nichts aus, er war eine geduldige Bisamratte. Jedenfalls manchmal.

Hinter sich hörte Bisamm ein Plätschern, das allmählich vernehmlicher wurde. Das Rinnsal hatte sich bereits zu einem Wasserlauf verbreitert, der immer schneller und tiefer wurde. „Tade, wir müssen zurück auf das Grünland", rief er. „Das Wasser steigt schnell."

„Warte noch", antwortete Tade, „ich glaube, ich hab' gleich welche. Hier sind ganz viele leere Schalen. Die Muscheltiere haben sich davongemacht, aber irgendwo müssen sie ja sein."

„Gut." Aber ganz geheuer war es Bisamm nicht. Der Wasserlauf zwischen ihm und dem Ufer war bereits zum Strom geworden, nicht zu vergleichen mit den gemächlich schwappenden Wellen am Nordufer, aus denen sie das zweibeinige Nestjunge gescheucht hatten. „Ich warte nicht mehr, ich geh hoch", rief er Tade zu, der weiter draußen unermüdlich mit dem Schnabel durch eine etwas höher gelegene Sandbank pflügte.

Bisamm warf sich in den Strom, in der Erwartung, dass er mit wenigen Schwimmzügen auf der anderen Seite ankommen würde. Aber er täuschte sich. Das Wasser erfasste ihn, wirbelte ihn um sich selbst, bis er oben und unten nicht mehr unterscheiden konnte, und trug ihn fort. Vergeblich versuchte er, sich an den großen, eckigen Steinen festzuhalten, an denen er vorbeitrieb.

Die offene See kam immer näher.

Irgendwann gelang es ihm, sich zwischen zwei Steinbrocken zu klemmen und mit aller Kraft festzuhalten. Nicht weit von ihm markierte ein Stock das Ende der Steinreihe. Ins offene Wasser geschwemmt zu werden, wäre sein Todesurteil, er würde ertrinken.

Seine Pfoten wurden schon lahm.

Bisamm konnte sich nicht bemerkbar machen. Tade sah nicht, was passiert war – hätte ihm auch nicht helfen können –, und Ralle flog urplötzlich davon.

Bisamm gab nicht auf. Aber seine scharfen Grabkrallen begannen an den großen Steinen abzugleiten. Schon schlugen die ersten Wellen über seine Nase hinweg. Er kämpfte weiter.

„Da!“, schrie jemand am Ufer in heller Aufregung. „Da ist er! Schnell!“

Mühsam gelang es Bisamm, den Kopf zu wenden. Er sah, wie einer der Grünfüßlinge behende über die Steine der Buhne rannte, als wären die ein gewöhnlicher Fußweg.

Als Bisamm kaum noch Luft bekam, wurde er am Nacken gepackt und aus dem Wasser gehoben.

„Hallo, Biberchen, gerade noch rechtzeitig, was?“, fragte der Schützer, und Bisamm wusste sofort, dass Jorke ihn geholt haben musste. Im Übrigen kannte Bisamm ihn bereits, denn er hatte ihn beim Grünfußfest umflauscht.

Am Ufer nahm Jorke Bisamm entgegen. Sie strich ihm das Wasser aus dem Fell. „Aber Biberchen ist bis auf die Haut nass“, sagte sie betroffen. „Er wird sich erkälten.“

„Wir haben Handtücher im Informationszentrum.“

Jorke, Bisamm, Tade und Ralle, der mit Jorke und dem Schützer zurückgekommen war, folgten dem Schützer zur Warf am Anleger der großen Schiffe.

15. Bunte Gesellschaft

Bisamm wurde auf der Warf ins Haus der Schützer getragen. Seine Freunde blieben draußen, und Bisamm wurde ganz beklommen zumute, umso mehr, als er in einem Raum landete, der überall weiß war. Nicht Bisammweiß, sondern kalt und unfreundlich weiß. Obendrein wurde er zu einem ebenfalls weißen Kasten gebracht und durch ein rundes Loch in dessen Bauch gestopft. Gegen Kästen hatte er aus Erfahrung etwas und wehrte sich mit allen Krallen und Zähnen, aber gegen die kräftigen Grünlinghände war er machtlos.

„Nur einen Augenblick, Biberchen", sagte Jorke beruhigend. „Dann kommst du wieder heraus. Halt dich fest." Dann schlug sie ein rundes Fenster zu, und an Herausspringen war nicht zu denken.

Bisamm krallte sich voll Schreck in den Löchern fest, die es ringsum in der runden Kammer gab, dann fühlte er sich bereits umhergewirbelt. Erst im Wasser, jetzt in der Luft. Vor lauter Bewegung konnte er kaum Atem schöpfen.

Aber es dauerte nicht lange, bis das rotierende Ding wieder zur Ruhe kam, und Jorke ihn herausholte.

„Fühl mal, wie plüschig er ist", sagte sie stolz zum Grünling und hielt ihm Bisamm entgegen. „So weich, dass man ihn adoptieren möchte."

„Ja, aber guck lieber mal nach, ob er noch lebt. Empfehlenswert ist deine Methode im Wäschetrockner nicht."

„Natürlich lebt Biberchen, nicht wahr?" Sie sah ihm ganz lieb ins Gesicht, und Bisamm riss die Augen weit auf, um ihre

Vermutung zu bestätigen, obwohl er nicht genau wusste, ob er noch lebte. Und vom Adoptieren würde er auf jeden Fall Abstand nehmen, was immer das war. Für heute hatte er genug erlebt.

„Gleich fährt der Fossilientransporter ab“, stellte Jorke nach einem Blick aus dem Fenster ab. „Ich fahre mit und liefere Biberchen zu Hause ab. Hoffentlich sind da nicht wieder so komische Leute dabei. Manche interessieren sich gar nicht für die Hallig.“

„Ja, die kenne ich auch. In den Schulklassen gibt es immer welche, die den anderen nur hinterherdackeln.“

„Ich habe neulich einem Kerl etwas über die Ketelswarf erzählt, den eigentlich nichts interessierte. Das Museum nicht, aber Baumschmuser war er auch nicht. Vielleicht ein Spion. Jedenfalls völlig fehl am Platz.“

„Buschbrandopfer oder Haustierträger?“, fragte der Grünling aufmerksam.

„Haustierträger. Überall lange Haare“, meinte Jorke nachdenklich. „Und er möpselte auch merklich.“

„Dann weiß ich, wen du meinst. Komischer Typ. Auf unserer Warf ist er rumgestrolcht und hat von verschiedenen Seiten in den Fething geguckt.“

„Ja. Bei uns auch. Ich muss los. Tschüs!“

Und schon sauste sie mit Bisamm im Arm aus dem Haus, eine Treppe hinunter, und sprang in den Rollwagen für Halligbesucher. Das Schiff am Steg entleerte sich langsam, immer noch kamen Leute und stiegen zu.

Jorke hatte sich in die letzte Reihe gesetzt und Bisamm in ihren Anorak eingewickelt. Vielleicht wollte sie mit Bisamm auf dem Schoß nicht auffallen oder sich keinen Fragen aussetzen, dachte Bisamm. Ihm hingegen fiel etwas auf. Ranzrattes Geruch waberte um seine Nase, die sich bereits von der Aufregung erholt hatte.

Die Letzten stiegen ein.

Sie fuhren los. „Bist du nicht die junge Dame, die mir die Ketelswarf erklärt hat?“

„Doch, die bin ich. Ich erinnere mich auch an Sie. Warum sind Sie denn schon wieder hier?“

Ranzratte grunzte unverständlich. „Wolltest du nicht schon abgefahren sein?“

„Doch, aber meine Eltern haben ihre Pläne geändert“, antwortete Jorke. „Wir bleiben noch ein bisschen. Sehen Sie mal aus dem Fenster! Ein Reiher. Auf dieser Weide befinden sich auch immer zwei Säbelschnäbler. Kennen Sie die?“

„Ja, kenne ich. Brauche ich nicht mehr zu sehen. Und was hast du unter deiner Jacke versteckt? Dein Haustier, eine Ratte? Oder eine wilde? Die gehört aber nicht auf die Hallig. Wilde Ratten müssen erschossen werden.“

„Wo denken Sie hin“, sagte Jorke empört. „Ein Biberkind! Wollen Sie Kinder ermorden?“

„Kinder!“ Ranzratte lupfte das Anorakende an, bevor Jorke ihn daran hindern konnte. „Hab ich diesen Flokati nicht schon mal gesehen?“, fragte er stirnrunzelnd.

„Bestimmt nicht. Der ist mir gerade erst zugelaufen“, antwortete Jorke glatt. „Wissen Sie, über die Schienen zum Festland kommen manchmal Füchse oder Rehe auf die Hallig. Die gehen auch wieder zurück, wenn sie hier kein Futter finden. Bestimmt verschwindet dieser Biber bald. Haben Sie was gegen Biber?“

„Ratten“, korrigierte Ranzratte. „Ja, die mag ich nicht.“

„Ich glaube, ich nehme ihn mit, wenn wir abreisen, und setze ihn auf dem Festland an einem Fluss aus.“

„Ja, das wird das Beste sein“, stimmte Ranzratte zu, aber Bisamm roch, dass er ihr nicht glaubte.

„Hast du die Ratte immer bei dir? Auch damals am Sood?“

„Es ist keine Ratte, sondern ein Biber“, erwiderte Jorke eigensinnig.

„Biber haben flache Schwänze, keine hochkant stehende.“

Darauf wusste Jorke nichts zu sagen. Bisamm atmete ganz flach. Der Ranzrattengeruch wurde stärker und stärker. Der Zweibeiner plante etwas Böses.

„Wie war das an diesem Sood? Waren da noch mehr Leute außer dem Mann und dem Dackel?", fragte Ranzratte freundlich. „Und der Ratte, die du für einen Biber hältst?"

Bisamm krallte sich in Jorkes Oberschenkel.

„Nnein", stammelte Jorke. „Der Dackel reichte mir! War ein unleidliches Tier. Hätte mich fast gebissen. Ich hab's meiner Mutter erzählt, aber sie sagte, dass es eben Leute gibt, die gemein zu ihren Hunden sind, und dann werden die Hunde es auch."

Jorke hatte mit Hannibal geschmust. Bisamm wusste jetzt, dass Jorke ihn verstanden hatte. Der Ranzrattengeruch wurde auch wieder schwächer. Aber was ging den Mann an, ob Bisamm in der Nähe gewesen war? Er musste Bisamm irgendwo gesehen haben. Fürchtete er, dass Jorke ihn belog? Aber warum?

Ranzratte räusperte sich. Dann lachte er, leise, aber boshaft. „Hattest du mir nicht neulich erzählt, dass der Dackel ein Schmusehund war?"

Jorkes Knie unter Bisamm begannen zu zittern. Er auch.

„Da muss ich wohl von einem anderen Hund gesprochen haben." Mehr fiel Jorke nicht ein.

„Meinst du nicht, dass du aufhören solltest zu lügen", schlug Ranzratte in kameradschaftlichem Ton vor.

Aber weder Jorke noch Bisamm beruhigten sich richtig. An diesem wolligen Zweibeiner war irgendetwas falsch.

„Ich lüge nie", stammelte Jorke.

„Na, ja, macht nichts. Passiert mir auch hin und wieder."

Sie waren beide froh, als der Rollwagen die Ketelswarf erreichte. Jorke machte sich davon, so schnell sie konnte, immer noch mit Bisamm im Arm. Erst unter Gallas forschendem Blick setzte sie ihn ab.

Galla nahm keine Rücksicht auf Bisamms desolaten Zustand. Sie reckte sich und plusterte sich auf. „Hast du schon das Neueste gehört?", fragte sie wichtig.

„Nein, bestimmt nicht", wisperte Bisamm.

„Wir sind jetzt mit einer weiteren Straße geehrt worden, dem Ralleschlupf ... Ich finde Sumpfhase hochanständig uns gegenüber."

„So", murmelte Bisamm. Er hatte nicht die Kraft, ihr den Irrtum zu erklären.

„Jawohl! Galla-Kriegspfad, Grünbeinring und Ralleschlupf. Ist das nicht schön? Ich habe Chloropus schon losgeschickt, um es den Verwandten in Eiderstedt und Dänemark zu erzählen. Und die sollen weitergeben, welche Anerkennung wir hier finden. Da werden bestimmt noch einige herziehen. Stell dir vor, welch bunte Gesellschaft dann auf der Hallig leben wird."

„Du hast was?", fragte Bisamm, aber Galla hörte ihn in ihrer Begeisterung gar nicht.

„Wir schwarz, oliv, rot, gelb, grünen Teichhühner, die Brandgänse grünschwarz, rot, schwarz und weiß, ihr Bisamratten schwarz, braun und einer weiß ... Einfach schön!" Galla drehte sich um sich selbst und sank wieder auf ihre Eier zurück.

Bisamm wankte in das Innere der Burg hinein. Noch hatte er seinen eigenen Bau nicht richtig wohnlich gemacht.

Etwas war anders als am Morgen, aber er wusste nicht, was. Er schnupperte in die Luft. Sumpfhases Moschus waberte durch den Gang zur Mutterburg, aber das tat er öfter in der letzten Zeit.

Trotz allem, was ihm Wühler erklärt hatte, hing er immer noch an Mutter Zita. Sie würde ihm am besten erzählen können, ob etwas passiert war. Bisamm bog in die Mutterburg ein, deren Betreten Zita immer geduldet hatte, solange er ihr weißer Liebling gewesen war.

Dieses Mal wurde er mit heftigem Schneidezahnrattern empfangen. „Hau ab", zischte Mäuschen, die in dem lockeren

Bett aus duftendem Gras hockte, in dem die Bisams zur Welt kamen, „Männer haben hier nichts zu suchen!"

„Was ist denn los?", hackte Bisamm erstaunt heraus. Und war Mäuschen nicht in die Breite gegangen? Sie wirkte anders als früher. Aggressiver. Nicht mehr seine kleine Schwester.

„Am besten lässt du es dir von Sumpfhase erklären", antwortete sie schnippisch. „Er ist jetzt der Anführer beider Sippen, und ich bin seine neue Favoritin. Schon in den nächsten Tagen werde ich mich damit befassen, seine Kinder aufzuziehen."

„Und wo ist Mutter Zita?"

„Mutter Zita!", höhnte Mäuschen. „Hängst du immer noch an ihr? Ihre Zeit ist vorbei. Ich weiß nicht, wo sie ist. Irgendwo in einer Ecke der Burg, vermute ich."

Bisamm ging auf die Suche nach Zita. Und auch nach Sumpfhase, denn der musste die überraschende Veränderung erklären können. Überall in der Burg herrschte Aufregung, alle fragten sich, was passiert war. Und warum.

Bisamm traf bei seiner Suche als Erstes auf eine Schwester von Zita, die wegen ihrer auffällig langen Ohren Häsin genannt wurde.

„Hast du Zita gesehen?", fragte sie nervös. „Wir sind alle so unruhig wegen ihr."

„Nein, ich suche sie auch. Hat Sumpfhase denn nichts dazu gesagt?"

„Seitdem Mäuschen sich in Zitas Nest breitmacht, ist er verschwunden. Er sagt nichts, und sie sagt nichts. Überhaupt antwortet Mäuschen nur noch pampig. Wir Bisaminnen fürchten, dass sie mehr weiß, als sie sagt."

„Was denn? Was fürchtet ihr?"

Häsin seufzte mitleiderregend. „Wir fürchten, dass Sumpfhase noch mehr Leute verbannt oder wegbeißt: Bisaminnen, die nicht sofort bereit waren, sich mit ihm zu paaren, ältere Bisaminnen, so wie ich - obwohl ich deutlich jünger bin als Zita –, eifersüchtige jüngere Männchen wie mein Sohn Cricet

– du weißt schon. Mehrere haben Grund zu fürchten, dass sie die Verbannung als Nächsten treffen wird. Und er ist nicht da, um uns zu erklären, was er vorhat."

„Aber er weiß, dass die Angst umgeht?"

„Das weiß er. Ich habe es ihm klipp und klar mitgeteilt."

Oh, je, dachte Bisamm. Sumpfhase merkelt. Vermutlich irgendwo im Wasser. „Ich werde Zita finden", versprach er und verließ den Bau.

Auf dem Warfabhang war Zita nicht, selbst Galla hatte sie nicht gesehen.

Bisamm huschte geduckt zum nächsten Busch. Ein Feriengast bearbeitete das Gras mit einem lärmenden Gerät, aber Bisamm hatte keine Angst mehr vor solchen Zweibeinern. Die taten nichts. Branda fürchtete sich auch nicht. Sie watschelte der Spur des Mannes hinterher und quakte selig: „Der Freiheit eine Gasse! Komm, mach mit, Bisamm!"

Aber Bisamm mochte nicht. Er lief in Deckung hinüber zum großen Fething und glitt ins Wasser. Auf dem Weg zur Röhre, die bei Überschwemmung Wasser ableiten sollte, snackte er hier und da, ein paar Larven, eine Schilfwurzel, aber viel Lust zu essen hatte er nicht. Die Sorgen waren zu groß.

Er beschloss, vorsorglich die Arbeiten an seinem Bau fortzusetzen. Nach dem, was Häsin berichtet hatte, würde man ihn womöglich unversehens dringend brauchen.

Er fing an zu graben, schob die Erde hinter sich, die in den Fething rutschte, und machte nach einiger Zeit eine Pause. In diesem schweren dichten Schlick zu arbeiten, verbrauchte Kräfte. Sein Gang stieg leicht an, dennoch hörte er ganz plötzlich neben sich in der nach unten geneigten Metallröhre Kratzgeräusche, die lauten Widerhall fanden.

Rückwärts schob er sich in seinem noch engen Gang hinaus ins Freie und stieg in die Röhre. Sumpfhases Geruch schwappte ihm entgegen. „Hier versteckst du dich also, Sumpfhase.

Komm heraus und stell dich den Fragen der Sippen! Sie beginnen sich vor dir zu fürchten.“

Mehr sagte Bisamm nicht. Er kehrte zurück in seinen Bau und arbeitete weiter.

Erst spät wanderte Bisamm zurück zum Bau, wo er schon wieder Sumpfhases Moschusgeruch begegnete, noch bevor er ihn hinter einer Biegung des Ganges sah.

„Raus mit dir!“, fauchte Sumpfhase erbost. „Hier hast du nichts mehr zu suchen. Hier herrschen jetzt andere Verhältnisse. Falls du Zita und ihre Milch brauchst: Die ist nicht mehr hier. Der Name Zita-Chaussee ist gestrichen, und der Straßenname wird neu vergeben.“

Da war jede Diskussion überflüssig. Bisamm warf sich herum und verließ den Bau.

Auf dem Warfabhang fand er Zita vor, die zu einem braunen Häufchen Fell geschrumpft war, das einem Erdklumpen ähnelte. Aber sie ruckte ihren Kopf Bisamm entgegen, als er aus dem Fething kroch und sich das Wasser aus dem Fell schüttelte.

„Seitdem du deine neue Frisur hast, ist alles anders geworden“, klagte sie. „Vorher warst du mein kleiner weißer Nestling, brav und gehorsam …“ Ihre Stimme verklang im Gras, in das sie ihre Nase bettete.

„Mutter Zita, Ich bin doch nicht an deiner Vertreibung schuld, sondern Stinkhase“, widersprach Bisamm mit sanfter Stimme. „Mit einem Sippenführer wie ihm, der eine derart geballte Wolke von Gestank ausstößt, wäre das früher oder später sowieso geschehen. Du musst dich aber fragen, ob du nicht selbst zu deinem Unglück beigetragen hast.“

Zita schnaubte empört.

„Vater Wühler sah es kommen.“

„Der Wühler!“ Zita verstand immer noch nichts.

Bisamm versuchte es auf einem neuen, behutsamen Weg. „Mit Branda Brandgans habe ich auch gesprochen. Sie ist sehr klug. Sie sagte dazu: Es kreißten die Berge, zur Welt kam nur ein lächerliches Mäuschen. Verstehst du nun?"

„Nein."

„Wühler und Branda ahnten, dass Sumpfhase Mäuschen mit der Mäuschengasse zu locken versuchte. Mäuschen hätte widerstehen können. Im Gegensatz zu Branda wusste ich nicht, wie sie sich entscheiden würde. Aber du hast Mäuschen sogar noch überredet, die Ehrung anzunehmen. Andernfalls wärst du heute noch Sumpfhases Bisamfavoritin."

„Bisaminfavoritin", verbesserte Zita rechthaberisch.

Bisamm atmete tief durch. Zita wollte oder konnte nicht verstehen. „Ich bringe dich zu Wühlers Unterschlupf, wenn es dir recht ist. Das erspart dir, die Häme der jüngeren Bisamfrauen zu ertragen."

„Bisaminnen."

Bisamm war es egal. Er schritt voran, und Zita folgte ihm langsam. Einen anderen Ausweg sah auch sie nicht.

In der zum Brandgansnest ansteigenden Röhre wimmelte es von Halligameisen, und Bisamm roch schon, bevor er das zerzauste Gras erreichte, dass Wühler tot war. Er kehrte um und schob Zita vor sich her zurück in den Priel.

„Wo soll ich denn jetzt hin?", jammerte Zita verzweifelt. „Ondat und Zibeth beißen mich tot, wenn ich versuche, bei ihnen einzuziehen."

„Ich bin dabei, einen neuen Bau einzurichten", sagte Bisamm ruhig. „Eine Kammer ist schon fertig. Die kannst du bewohnen."

Zitas Stimmung besserte sich schlagartig. „Bestens! Wer weiß, vielleicht wandert ja noch ein Bisam vom Festland herüber auf der Suche nach einer neuen Sippe. Ich nehme aber nur einen Stattlichen. Jedoch könntest du für alle Fälle ja schon eine Mutterburg für mich und ihn graben."

So hatte Bisamm sich das nicht vorgestellt. Aber aus Achtung vor seiner Mutter schwieg er. Er führte sie auf die andere Seite der Warf und ließ sie die Röhre mit der Kammer selbst erkunden.

Nachdenklich kehrte Bisamm zurück zu seinem alten Bau. Er glaubte nicht, dass Sumpfhase ihm den Zutritt verwehren würde, denn der ersetzte mittlerweile Muskelkraft durch Gestank und musste wissen, dass Bisamm ihm überlegen war, sollte es zum Kampf kommen. Zita rauszuwerfen war dagegen leicht gewesen.

Er achtete nicht sonderlich auf seinen Weg. Plötzlich raschelte es im Gras und zwei scharfe Zähne schlugen in Bisamms Nacken. Ondat offensichtlich. Denn vor Bisamm setzte sich Zibeth auf das Hinterteil und trommelte mit den Vorderfüßen auf ihn ein. Die scharfen Krallen schlugen Risse in Bisamms Schultern.

Bisamm warf sich herum und rollte den Abhang hinunter. Ondat klapperte anhaltend und weithin hörbar mit den Zähnen, und zu zweit setzten sie ihm nach.

Bisamm war im Augenblick nicht mehr der kleine flauschige Nestling, sondern eine ausgewachsene, wütende Bisamratte, die das an den Pfoten entlangtropfende Blut noch wilder machte.

Er schlug Kerben in Zibeths Fell und Haut, während sich auf seinen Rücken wieder der hinterhältige Ondat stürzte. Bisamm wirbelte herum und traf auch Ondat mit den Krallen, der sich mit blutender Brust beleidigt zurückzog.

An Bisamm vorbei flatterte ein schwarz-weiß-grün-rot-gelbes Federgewirr, das sich mit einem kriegerischen Fauchen auf Ondat stürzte, der aufquiekte und davonjagte. Zibeth humpelte hinter ihm her so schnell er konnte.

Als Bisamm sich umdrehte, saß Ralle im Gras und putzte sich das Gefieder so ruhig, als sei er an dem Gemetzel nicht beteiligt gewesen. „Die haben wir abgeledert", sagte er zufrieden.

„Ich habe gedacht, da fliegt die Eule heran um sich an gleich drei Bisams gütlich zu tun", sagte Bisamm erleichtert.

„Da lacht die Koralle", bemerkte Ralle und plusterte sich zu Eulengröße auf. Auch ein Käuzchen zählte als Eule.

16. Die Bisamrattenfalle

Die Aufregung im Morgengrauen war so groß, dass Bisamm wach wurde. Während er sich in seiner Ecke aufsetzte, um sich zu putzen, wuselten Jungtiere an ihm vorbei nach draußen und wieder zurück, quiekten aufgeregt, ohne dass Bisamm entnehmen konnte, warum, dann strömten ältere Bisamms hinaus, bis schließlich die ganze Sippe draußen sein musste. Bisamm wanderte hinterher.

Sumpfhase stand auf einem Grasbüschel erhöht, wie er es liebte, wenn er zu allen sprechen wollte, dann gab er mit der Pfote das Kommando, ihm zu folgen.

Die Bisams setzten sich in Bewegung, die Warf hinunter und ein Stück ins Grasland hinein. Bisamm nahm vorsorglich Kaninchen unter seine Fittiche, das jüngste aller Kinder von Zita, noch sehr klein und etwas furchtsam. Außerdem das einzige weiß gefleckte Bisammädchen, wodurch sie ihm im Aussehen am nächsten kam. Sie drückte sich vertrauensvoll an ihn.

Bisamm schwante Übles, als er den Kasten des Jägers erkannte. Unter der Klappe ragte nur noch ein Bisamschwanz hervor.

„Ondat“, quiekte seine Mutter, nachdem sie sich durch Schnuppern davon überzeugt hatte. „Ich hing doch so an meinem Jüngsten.“

„Ja“, rief Sumpfhase, der inzwischen auf das Dach des Kastens gesprungen war, pathetisch, „Ondat war ein mutiger Kämpfer, immer bereit, seine und unsere Rechte zu verteidigen, selbst gegen stärkere Gegner.“

„Meinst du das kleine Teichhuhn Galla?“, fragte Bisamm spitz. „Ondats Spezialität war meiner Erfahrung nach vor allem, zusammen mit seinem Bruder hinterhältig zahlenmäßig schwächere Gegner zu überfallen.“

„Pssst“, tuschelte der Clan empört.

Sumpfhase ignorierte Bisamm. Getragen von der Zustimmung so vieler Leute, fuhr er in seiner Rede fort. „Ich werde durch brutalst mögliche Aufklärung herausbekommen, wer an diesem hinterhältigen, feigen Mord die Schuld trägt.“

„Der Jäger. Er hat die Bisamfalle aufgestellt. Ich habe es dir ja vorher mitgeteilt. Aber es gibt einen zweiten Schuldigen!“ Bisamm war jetzt selbst auf ein fest verwobenes Grasbüschel gesprungen und wartete mit seiner Erklärung ab, während einige Bisams die große Gruppe verließen und sich im Kreis um ihn scharten.

Die Zustimmung für Sumpfhase war merklich dünner geworden und die Neugier groß.

„Du selbst trägst die Mitschuld, Sumpfhase, weil du die Sippe nicht gewarnt hast, wie ich dir dringend ans Herz legte“, sagte Bisamm ernst, ohne die Stimme zu erheben. „Ich hatte herausgefunden, was passiert, wenn die Klappe fällt, unter die ein verfressener Bisam seine Nase steckt. Du auch, als ich es dir zeigte. Du warst der Erste, der dem Apfelduft im Kasten nachjagte, und wäre die Klappe nicht schon unten gewesen, wärst du das erste Opfer gewesen.“

„Das sind alles unbewiesene Behauptungen“, schrie Sumpfhase erregt. „Warum sollte ein Zweibeiner einen Kasten aufstellen mit der Absicht, einen von uns zu fangen? Jeder andere könnte auch ein solches Ding verloren haben.“

„Wer?“

Sumpfhase warf die Arme in die Höhe, dann legte er seine beidseitigen Krallen zu seiner bei Predigten für das Volk üblichen Geste zusammen. „Was weiß ich? Der freche Tade Brandgänserich, Galla Kriegshuhn, Ralle Kriegshahn, überhaupt alle Grünfüße, die mit den Grünbeinen auf der anderen Warf verwandt sind. Die Gesamtheit der Grünlinge betreiben gemeinschaftlich die Vertreibung von uns Bisams von der Hallig. Multikulti ist eine Lebenslüge, das habe ich schon immer gesagt!"

Die Zustimmung war noch mäßiger als vorher.

„Du widersprichst dir, Sumpfhase", stellte Bisamm fest.

„Nicht im Geringsten. Meine Gutmütigkeit rät mir, nicht an Absicht zu glauben. Wenn du aber darauf bestehst, sage ich dir, dass der Jäger auch zu den Grünlingen gehört. Und es kommen immer mehr. Ich bin innerlich aber sehr überzeugt davon, dass die Frage der illegalen Immigration aller Grünlinge gelöst werden kann, wenn wir Bisams und Bisaminnen zusammenarbeiten."

Er wollte die netten Schützer vertreiben? Woher kannte er sie denn überhaupt? Bisamm bezweifelte es.

Plötzlich schrie Ralle, mit gesträubten Federn auf der Warf stehend, über Bisamms Kopf hinweg: „Ey alda isch mach disch Krankenhaus!"

„Huch!" Sumpfhase sprang entsetzt vom Fallendeckel herunter und tauchte kopfüber ins Gras. „Zibeth! Zu Hilfe!"

„Hier", schrie Zibeth, ohne sich zu rühren.

„Warum hast du, Sumpfhase, die Bisamgesellschaft nicht vor der Falle gewarnt?", insistierte Bisamm, um sie zum Thema zurückzuführen.

Sumpfhase schob die Nase aus dem Gras hoch, nachdem Ralle keinen Angriff gestartet hatte, und witterte umher. „Ich muss dich missverstanden haben", greinte er kläglich. „Das wusste ich nicht."

Hamster drängte sich durch die Reihen und stellte sich vor den Kasten. Die Krallen legte er zu der Geste zusammen, die sein Vorbild auszeichnete, und übernahm das Wort. „Wahrscheinlich hat Bisamm wieder mal nicht ganz genau gesagt, was er meint. Geschieht öfter. Er ist nicht wie wir, wie jeder weiß. Onkel Sumpfhase wäre der erste an dieser Falle gewesen, um sie für uns alle ungefährlich zu machen. Hätte Bisamm nur klar gewarnt, dass es eine Falle ist, die uns gilt. Und Ondat wäre dann noch unter uns."

Ondats Mutter gab ein klägliches Wimmern von sich. Die Bisaminnen klatschten Hamster frenetisch zu. Endlich hatten sie eine schlüssige Erklärung für die Unterlassung. Bisamm war schuld.

Sumpfhase befreite sich von den trockenen Grashalmen und stellte sich neben Hamster. Zusammen führten sie die überwältigend große Kolonne von Bisamratten, die an sie glaubten, in den Bau. Ein kleines Häuflein blieb bei Bisamm zurück. Unter ihnen war auch Kaninchen, das dankbar zu ihm hochschaute.

Im Bau zogen sich Sumpfhase, Hamster und Zibeth sofort zurück, um ungestört miteinander zu beraten. Der beste Platz für ein solches Vorhaben war die Mutterburg, zu der Männer keinen Zutritt hatten.

Mäuschen wagte bei dem strengen Blick, den Sumpfhase ihr zuwarf, keine Widerworte.

„Es würde mir gefallen, hier in die Burg umzuziehen", bemerkte Zibeth, noch bevor über andere Dinge gesprochen werden konnte. „Jetzt, wo Ondat nicht mehr da ist."

„Die Sippe drüben will auch geführt sein", widersprach Sumpfhase sofort. „Wer außer dir sollte das machen? Lauter Schwächlinge dort. Abgesehen von Stachel, vielleicht. Könnte gut sein, dass er nach dem Tod seines Vaters Wühler und der Verabschiedung seiner Mutter Zita bockig wird. Ich brauche ihn aber als Gefolgsmann."

„Du hast uns beide", warf Hamster ein.

„Aber nicht alle unter meinem Dach. Dich, Hamster, hier, Zibeth dort. So ist uns allen am besten gedient."

Zibeth wusste, dass das nicht stimmte. Hamster, in täglicher Hautnähe zu Sumpfhase, hatte wesentlich bessere Chancen auf die Nachfolge als er. „Weißt du eigentlich, wie sehr Bisamm immer über dich hergezogen ist, Sumpfhase? Er nannte dich vor den Ohren der Bisaminnen Stinkhase. Jede konnte seine Meinung über dich erfahren."

„Schmähung! Hetzerei!" Sumpfhase war erbost bis in die Schnurrbarthärchen. „Verleumdung! Nur um mir zu schaden, der ich mich für die Gemeinschaft der Bisamratten aufreibe."

„Bisamm verachtet dich. Und er hat einige Anhänger. Du hast sie gesehen, als sie ihn bei diesem seltsamen Kasten umringten", sagte Zibeth lauernd.

„Du reibst dich wirklich auf", beteuerte Hamster inbrünstig. „Niemand weiß das besser als ich."

Sumpfhases Kopf voller Argwohn schnellte herum. „Wieso?"

Hamsters Gedanken irrlichterten durch seinen Kopf. Ihm wollte keine Begründung einfallen. Als Ausweg faltete er die Krallen zur Sumpfhasengeste.

Zibeth sah Hamsters Verlegenheit und frohlockte innerlich. Als endlich Sumpfhase sie auch bemerkt hatte, ergriff er wieder das Wort. „Wer weiß, wie viele Anhänger Bisamm in Wirklichkeit aus seiner engsten Sippe hat? Vielleicht seine Brüder?", fragte er leichthin. „Mosca, Stachel?"

Hamster blähte die Backen. „Ich bin auch Bisamms Bruder! Aber noch nie stand ich auf seiner Seite!"

„Das stimmt", versetzte Sumpfhase. „Beruhige dich. Du hast immer gewusst, dass Macht und Recht nahe beieinanderliegen."

„Genau!" Hamster triumphierte.

Aber Zibeth konnte abwarten.

Kurz nachdem die Männer ihre Unterredung beendet hatten und hinausgegangen waren, kam Kaninchen und wollte sich in eine Ecke der Mutterburg drücken.

„Hau ab", schimpfte Mäuschen. „Auch du hast hier nichts zu suchen. Du wirst ja nicht Mutter. Und ich brauche Platz."

„Ich verstecke mich doch nur vor den Männern", erklärte Kaninchen zaghaft.

„Versteck dich woanders! Und das ist ein Befehl", schnarrte Mäuschen. „Ich sage sonst Sumpfhase Bescheid."

Kaninchen verschwand so still und leise, wie sie gekommen war.

Nach und nach zerstreuten sich die Bisamratten, nur Bisamm blieb in der Nähe des Kastens. Er versteckte sich hinter einem großen Schlickklumpen und wartete ab.

Sein Gefühl trog ihn nicht. Der Jäger kam mit einem Rollwagen an, der vor dem Gatter hielt, und trabte dann schnurstracks zum Kasten.

„Hab ich dich doch", sagte er vernehmlich und schien zuerst verblüfft darüber, keine weiße, sondern eine braune Bisamratte in der Falle vorzufinden. Dann erkannte er, was das bedeutete, und ein hämisches Grinsen ging über sein Gesicht.

Bisamm hatte schon längst begriffen, welche Gefahr Ondats Gier mit sich brachte: Der Jäger hatte jetzt den Beweis, dass in der Warf Bisamratten wohnten.

Noch während der Jäger mit Ondats Schwanz in der einen und dem Kasten in der anderen Hand dastand, hörte Bisamm Schritte auf der Warf. Kurz danach erschienen Jorke und ihre Mutter Hand in Hand auf der Deichkrone, unbekümmert schwatzend.

Sie verstummten und starrten den Jäger entsetzt an, dann eilte die Mutter nach unten. „Was machen Sie da?", herrschte sie ihn an.

„Ich fange Bisamratten. Das ist meine Aufgabe", antwortete er lächelnd. „Moin auch."

„Moin. Hier auf der Hallig, wo überall Gäste sind, große und kleine, stellen Sie Fallen auf? Dürfen Sie das überhaupt?"

„Mir hat die Klappe einen langen blauen Flecken beschert. Und der tat ordentlich weh. Nicht wahr, Mams?" Jorke klagte so theatralisch, dass Bisamm beinahe Freudengeräusche von sich gegeben hätte.

„Herr Jägermeister, ich habe Jorke die Hand kühlen müssen. Seien Sie dankbar, dass wir nicht mit dem Hubschrauber zum

Festland mussten, um die Hand röntgen zu lassen! Sie hätten die Kosten übernehmen müssen."

„Gute Frau, nun regen Sie sich doch nicht so auf! So schlimm war es bestimmt nicht."

„Und wie schlimm es war!"

„Denk an die Teppichratte, Mams", raunte Jorke.

„Richtig! Bis vor ein paar Tagen wohnte nebenan noch ein junges Paar mit einem Kleinkind. Sehr moderne junge Leute, sie ließen ihren Jungen eigene Erfahrungen machen. Was wäre denn gewesen, wenn dieser aufgeweckte kleine Abenteurer seine Hand in die Falle gesteckt hätte? Seine Knochen wären garantiert gebrochen gewesen. Alle Mittelhandknochen. Stellen Sie sich das vor!"

Der Jäger stellte es sich vor. Ondat rutschte ihm aus der Hand und fiel ihm vor die Füße.

Jorke ging auf die Knie und streichelte das braune Fell. „Der Ärmste."

Na ja, dachte Bisamm, dein Mitleid hat er nicht gerade verdient, aber für den Herrn Federrupf ist es vielleicht gerade gut.

Auf einmal kam Ralle angeflattert und brach angesichts der Tragödie in Klagerufe aus. Er duldete, dass Jorke ihm mit einer Hand über das Gefieder strich.

„Sehen Sie, die Tiere sind auf der Hallig so sozialisiert, dass sie mittrauern, wenn eines stirbt, und zahm genug, um sich von Menschenhand streicheln zu lassen. Ich werde den Bürgermeister informieren, dass Sie den Tourismus ruinieren. Der Presse werde ich mitteilen, dass diese Hallig zutiefst tierfeindlich ist", sagte Jorkes Mutter mit eiskalter Entschlossenheit.

Sie und Jorke wanderten zum Ufer weiter.

Jäger Jürgen Federrupf betrachtete den leblosen Körper zu seinen Füßen mit Genugtuung. Er hatte es doch gewusst: Es gab auf der Hallig diese fetten Ratten, seine persönlichen Feinde, weil sie in einem seiner Zuchtteiche auf dem Festland Jungfische fraßen, wie er ganz sicher zu wissen glaubte. Von wegen Mäuse, er würde sie immer als Ratten betrachten, ausländisches Geschmeiß, zugewandert, Zerstörer der Umwelt, Vernichter der Halligkultur. Endlich konnte er dem Bürgermeister den Beweis vorlegen. Er würde die Ratten ausmerzen. Presse, pah!

17. Multikulturalität

„Könnte ich dich kurz sprechen?", erkundigte sich Bisamm höflich, als er Sumpfhase außerhalb der Burg begegnete.

„Ausnahmsweise. Ich habe zu tun, wie du sicher verstehst. Jetzt, wo ich eure ganze Wühlersippe neu organisieren und dabei ohne Ondat auskommen muss." Er setzte sich ins Gras, die Sumpfhasengeste mit den Krallen andeutend, die aber auch sofort in fremde Nasen hacken konnten.

Bisamm hielt zur Vorsicht Abstand. „Du hast gelegentlich über die Nerze gesprochen. Wie weit sind deine Gespräche mit ihnen gediehen? Ich habe nie mehr etwas davon gehört."

Sumpfhase überlegte lange. „Ja, die Multikulturalität, wie man in Kiel sagte. Daran halten wir fest, es gehört zu unserer innersten Überzeugung. Dazu gehören auch die Minks."

„Ja?"

„Ja! Wer vor Not und Verfolgung flieht, dem haben wir Hilfe zu leisten. Ob es uns passt oder nicht. Die Minks werden in manchen Gegenden gejagt, erschossen. Das ganze Jahr über."

„Uns geht es genauso."

„Wir Verfolgte müssen einander Beistand leisten."

„Die Nerze uns auch?"

„Selbstverständlich würden sie das tun."

„Mutter Zita erzählte mir, dass in Nordamerika die Nerze die gefährlichsten Feinde der Bisamratten sind. Sie fressen mit Vorliebe uns! Weil wir gut schmecken."

„Ja, in Nordamerika! Aber hier doch nicht. Hier ernähren sie sich von Vögeln und ihren Eiern, von Fröschen und Fischen."

„Haben sie dir das bei deinen Konsultationsgesprächen versichert?“

Sumpfhase wiegte den Kopf. „Mehr oder weniger“, sagte er schließlich.

„Mit welchen Nerzen hast du denn gesprochen? Zita hat herausgefunden, dass es auf der Hallig keine gibt.“

Sumpfhase ratterte vor Wut und stieß einen betäubenden Gestank aus, bevor er davongaloppierte.

Sumpfhase überrannte Hamster, der ihm entgegenkam. Beide setzten sich hin, um ihre durcheinandergewirbelten Haare zu glätten.

„Oh, gut, dass du da bist“, keuchte Sumpfhase. „Ich hatte schon Angst, Bisamm würde mich attackieren.“

„Wirklich?“

„Ja, ich hatte eine kleine Auseinandersetzung mit ihm, und er wusste nicht weiter. Er zeigte Krallen.“

„Ich hätte dich herausgehauen“, sagte Hamster sehr überzeugt. Für mich bist du der geborene Führer unserer beiden Sippen, vertrauenswürdiger als jeder andere. Du hast mein Vertrauen noch nie enttäuscht.“

Die Schmeichelei lief Sumpfhases Kehle hinunter wie das warme Eigelb aus Brandas Nest. Hamster sah ihn schlucken. Er überlegte, dass er auch mal ein Brandgansei probieren müsste, zumal es notwendig war, Sumpfhase gegenüber seine Gefolgsschaftstreue immer wieder aufs Neue zu beweisen, jedenfalls solange es Zibeth gab. Sie konnten den Geschmack der Eier diskutieren, der ja sonst niemandem bekannt war.

„Zusammen werden wir alle Widerstände beseitigen.“

„Zusammen mit Zibeth, natürlich“, ergänzte Sumpfhase.

Immer Zibeth! „Gewiss doch, mit deinem Verhandlungsgeschick und Zibeths Kampferfahrung schaffen wir es“, bestätigte Hamster eilig.

„Was höre ich da von Zibeth?“, fragte dieser und tauchte hinter Sumpfhases Rücken auf.

„Nur Gutes."

„Notfalls mit Nachdruck", fuhr Hamster fort, ohne sich um Zibeth zu kümmern. „Du könntest deine bewährte Verbindung zur Waldohreule aufnehmen. Ihr könnte man diejenigen anvertrauen, die sich der neuen Lebensform auf der Hallig verschließen."

„Von welcher neuen Lebensform sprichst du?", fragte Zibeth misstrauisch.

„Von unserer neuen Multikulturalität natürlich", antwortete Hamster überheblich. „Hat Sumpfhase es dir noch nicht erzählt, Zibeth?" Er warf einen entschuldigenden Seitenblick auf Sumpfhase. „Tut mir leid, Onkel Sumpfhase, wenn ich hier vorgeprescht bin."

„Nein, nein, sprich nur weiter."

„Ja. Wir haben hier die Stigmatisierungsversuche der ewig Gestrigen erleben müssen, geradezu eine Minkphobie, nicht wahr, Onkel? Es wird Zeit, mit ihr aufzuräumen. Die Bisams und Bisaminnen müssen endlich einsehen, dass die Minks anders sind, als sie glauben."

Sumpfhase nickte.

„Es steht jedenfalls so gut wie fest, dass sich die Minks uns anpassen werden, Zibeth. Wir werden sie lehren, sich von Schilf, Gras und Äpfeln zu ernähren. Allerdings sollten wir darauf achten, dass nicht allzu viele auf einmal auf die Hallig einwandern wie dies bei Teichhühnern der Fall ist."

„Oh, Hamster", brach Sumpfhase überwältigt aus. „Ich sehe, du hast mich vollumfänglich verstanden."

„Ich kenne gar keine Minks", bekannte Zibeth verdrossen.

Hamster triumphierte. Diese Runde ging an ihn. „Die anderen Bisams und Bisaminnen wahrscheinlich auch nicht", beruhigte er Zibeth.

„Wenn ich den Bisams und Bisaminnen meinen Weg richtig erkläre, werden sie ihn mitgehen", gab sich Sumpfhase überzeugt.

„Welchen Weg?", erkundigte sich Zibeth eifrig.

„Den Weg… ja.“ Sumpfhase zögerte, dann fiel es ihm wieder ein. „Den Sumpfhasenboulevard, die Hamsterpromenade, die Mäuschengasse. Wir haben genug Wege.“

„Die Zitachaussee?“

„Die gibt es nicht mehr“, antwortete Sumpfhase nachsichtig.

„Und Grünbeinring, Ralleschlupf und Galla-Kriegspfad?“

„Die sind natürlich für Bisams und Bisaminnen verboten, Zibeth! Ich dachte, das hätte ich klargemacht.“

„Uns ja“, warf Hamster ein. „Aber den Teichhühnern nicht. Seit Tagen fliegen immer mehr von ihnen ein. Ich glaube, das hängt mit den Teichhuhnstraßennamen zusammen. Sie verstehen sie als Schmeichelei …“

„Ist mir egal, ob ich schuld bin am Zustrom der Teichhühner“, versetzte Sumpfhase gleichgültig. „Nun sind sie halt da. Ihr werdet schon mit ihnen fertig werden."

„Wieso ihr?“, warf Hamster aufmerksam ein. „Wo wirst du sein?“

„In Kiel. Ich muss wichtige Gespräche mit Freunden von früher führen.“

„Mit Asio?“

„Genau.“

Hamster ahnte, worauf Sumpfhase hinauswollte. Zu seiner Genugtuung erkannte er, dass Zibeth nichts begriff. „Fressen Waldohreulen Teichhühner?“

„Ja. Küken. Und kranke erwachsene Teichhühner.“

„Galla und Ralle Kriegshuhn bleiben uns also erhalten?“

„Zunächst, Hamster, zunächst. Genau wie Bisamm.“

Hamster verstand. „Um die Brandgänse kümmere ich mich“, versprach er.

„Ich wusste, dass ich mich auf euch verlassen kann“, sagte Sumpfhase aufgeräumt.

„Hattest du mit den Schützern persönlich gesprochen?“

Jorke sah hoch. Ihr Vater las gerade die Zeitung vom Vortag, die ihm vom Nachbarn hereingereicht worden war. „Mams war persönlich auf der Peterswarf, um mit ihnen zu sprechen, stimmt´s, Mams?"

„Ja, ich habe mit einem sehr langen jungen Mann gesprochen, mit blonden Haaren, die er im Nacken gebunden hatte."

„Das war der Biberretter", erkannte Jorke zufrieden.

„Hier steht nämlich etwas Merkwürdiges", setzte der Hausherr fort. „Es sei auf der Hallig Langeneß ein Streit entbrannt, ob es hier wirklich Bisamratten gibt, oder ob es sich um eingewanderte Nutrias handelt. Oder gar um einen jungen Biber, wie die Tochter eines nicht näher genannten Gastehepaares behauptet."

„Das bin ich. Lies weiter, Paps."

„Der amerikanische Nerz scheidet aus."

„Das will ich hoffen. Eine solche These würde nur die Unkenntnis der Leute belegen, die das vermuten. Es gibt auch so genug Fallstricke und Fallen, sozusagen, aus denen man sich jetzt herauswinden muss." Mams lächelte zufrieden.

„Wie meinst du das denn, Mams? Und wer windet sich heraus? Wir?"

„Wir nicht, Jorke. Nein, diejenigen, die die Bisamratten auf der Stelle ausmerzen wollen. Sofern es Bisamratten sind. Aber es gibt Jagdzeiten, Schonzeiten, Naturschutz für die Tiere, die zu beachten sind, ferner die Gefahrlosigkeit für Menschen. Außerdem muss die oberste Behörde den Fang genehmigt haben."

Paps überflog den Text nochmals. „Steht hier auch. Über die Gefahr für das Krabbelkind hast du den Jäger ja informiert."

„Nicht nur ihn, die Schützer und die Zeitung auch. Und wenn es sich um Nutrias handelte, wäre jetzt Schonzeit, und die Falle wäre verboten. Sie stand ja auch an der falschen Stelle, neben einem von Menschen begangenen Weg. Hätte er eine Falle im Fething aufgebaut, wäre das zwar erlaubt, aber man könnte argumentieren, dass möglicherweise eine Tauchente vorbeikommen könnte – auch wenn es die falsche Jahreszeit für den Zug nach Süden ist. Auch darauf muss bei der Jagd Rücksicht genommen werden."

Paps raschelte wieder mit der Zeitung. „Mit anderen Worten, du hast alle so verwirrt, dass sie sich nicht trauen, Sofortmaßnahmen gegen Bisamratten zu ergreifen. Sie stellen jetzt ein Komitee aus amerikanischen und deutschen Wissenschaftlern zusammen, um der Sache auf den Grund zu gehen. Der Jäger hat den Kadaver schon entsorgt, ihn kann man nicht mehr untersuchen."

„Das nennt man Asyloptimierung."

„Hast du die mit Absicht betrieben, Mams?"

„I wo, ich doch nicht." Dabei blinzelte Mams Jorke auf einem Auge zu, wurde dann aber ernst. „Bisams haben hier keine natürlichen Feinde. Eventuell Eulen. Vor dem Winter muss es natürlich geklärt sein, denn falls es sich wirklich um mehr als eine Bisamratte handelt – die natürlich keine Jungen wirft –, sind sie eine Gefahr für die Warf in den Winterstürmen."

„Sie sind also illegal hier?"

„Ja, sie dürfen sogar ganzjährig gejagt werden."

„Dann kann man doch einfach die illegale Situation in eine legale überführen", schlug Jorkes Vater listig vor. „Schießverbot, Fallenverbot. Weggucken."

„Und man muss mit ihnen reden", ergänzte Jorke. „Die Fethinge dürfen sie nur noch von innen bebauen, dann kann nichts passieren."

„Wenn das reicht", sagte ihre Mutter bekümmert.

„Wenn nicht, was passiert dann mit ihnen?"

„Sie müssen aufs Festland umziehen. Wo sie ja auch hergekommen sind. Falls …, falls es also wirklich Bisams sind, wären sie erst in diesem Frühjahr hier angekommen."

„Jedenfalls wird die Zeitung weiter über den Bisamstreit berichten." Paps faltete die Zeitung zusammen.

Sumpfhase galoppierte am nächsten Morgen beim ersten Licht zum Lorenbahnhof. Dort versteckte er sich in einem wasserführenden Graben und wartete auf den ersten Zweibeiner, der mit der Lore zum Festland aufbrechen wollte. Auch er als recht frisch Zugezogener wusste sich bereits vorhandene Annehmlichkeiten der Urbewohner zu Nutze zu machen.

Zum Glück fuhr als Erste eine Lore mit offener, niedriger Plattform, auf der Sumpfhase sich unter einer Sitzbank verstecken konnte, während der Zweibeiner vorne saß. Er bediente ein Ding, das mit seinem schrecklichen Lärm den Rollwagen in Angst versetzte und vorwärtstrieb, aber Zweibeinern und Bisamratten gegenüber offenbar harmlos war. Sumpfhase legte die Ohren an, als wäre er unter Wasser, und so war es auszuhalten.

Kaum war er am Ende der Fahrt vom Rollwagen gehüpft, dort wo noch mehrere andere Rollwagen schliefen, entdeckte er Asio. Am Rand des Geländes tat die Eule sich gerade an einem kleinen Kaninchen gütlich. Gut so.

Sumpfhase wartete, bis Asio mit Sicherheit gesättigt war, denn nur dann konnte er gefahrlos mit ihm verhandeln.

„Komm nur her, Sumpfhase, ich höre dich“, fauchte Asio, aber sehr leise und friedlich, keineswegs feindlich.

Sumpfhase hoppelte näher und blieb in gebührender Entfernung stehen. „Es passt gut, dass ich dich hier treffe, großer Jäger“, schmeichelte er. „Um mit dir zu sprechen, war ich auf dem Weg nach Kiel.“

„Und was wolltest du von mir, kleiner Intrigant?“

„Ich möchte dir ein paar Teichhühner anbieten, jung und knackig frisch wie Schilfsprossen. Uns stören sie, und dir werden sie schmecken.“

„Huh“, machte Asio. „Neulich jagte ich eines, aber das war so frech, dass ich mir eine andere Beute suchte. Der Aufwand wäre zu hoch gewesen.“

„Das dürften Galla Kriegshuhn oder Ralle Kriegshahn gewesen sein. Aber beide kannst du vermeiden. Galla legt immer am späten Abend ihre Eier, danach sucht sie irgendwo Futter. In dieser Zeit brütet Chloropus, und der ist harmlos. Der denkt immerfort über Menschenkram nach: Leberegel, Bandwürmer, Heuschnupfen, Ameisenlaufen, Krebse, Schweinegrippe …“

„Schluss jetzt“, bellte Asio.

„Jawohl!“, rief Sumpfhase unterwürfig. „Du kannst ihm Küken oder Eier unter dem Hintern wegstehlen, ohne dass er es merkt.“

„Kann er zählen?“

„Weiß ich nicht. Ist doch egal.“

„Nicht ganz. Galla wird es können, und ihr möchte ich danach nicht begegnen. Aber mach dir keine Sorgen. Ich bin schnell und lautlos. Ich schaffe das.“

Gut, dachte Sumpfhase erleichtert. „Dann wäre da noch das Nest am Grünbeinring gleich am Anfang der Hallig. Grünbein ist strohdumm und eitel. Wenn der erst vertrieben ist, kommen auch keine Teichhühner mehr auf die Hallig, und wir haben unsere Ruhe. Ich sag es immer wieder: Multikulti funktioniert nicht.“

„Das wiederum ist mir egal.“ Asio erhob sich und segelte im Aufwind über den Deich Richtung Langeneß davon.

18. Die Macht der Sumpfhasengeste

Hamster traf Zibeth vor dem Eingang zum Erdbau von Sumpfhases Sippe, in dem dieser noch wohnte. Zibeth drohte vernehmlich.

„Lass das!“, befahl Hamster kühl und zeigte die diktatorische Sumpfhasengeste.

„Du hast mir nichts zu befehlen“, blaffte Zibeth trotzdem.

„Habe ich nicht? Soviel ich weiß, ist Sumpfhase in Geschäften unterwegs.“

„Ja. Und?“

„Dann tust du gefälligst, was ich sage. Du warst dabei, als Onkel Sumpfhase mir für seine Abwesenheit den Befehl übertrug.“

Zibeth murrte leise, aber zu widersprechen wagte er nicht.

„Du machst dich auf den Weg zum landseitigen Ende der Hallig und sperrst den Damm ab, damit nicht so viele Teichhühner auf die Hallig kommen. Vermutlich sind auch die ersten Nerze unterwegs. Einladungen wie die von Sumpfhase sprechen sich schnell herum. Lass nicht zu viele gleichzeitig herein.“ Hamster begann zu flüstern. „Erzähle niemandem von deinem Auftrag. Der Ruhm sollte dir allein zufallen.“

„Kannst du nicht jemanden anderen schicken?“, fragte Zibeth, dem es sehr unbehaglich war.

„Ich weiß, dein Verhältnis zu Teichhühnern ist nicht besonders gut, aber es muss sein“, sagte Hamster streng. „Und Onkel

Sumpfhase wird es freuen, wenn ich es ihm erzähle. Und von deinem Mut."

„Wenn ..." Geschlagen drehte sich Zibeth um und schlich zum Warffuß hinunter.

Zibeth setzte sich in einen sehr langsamen Wandergalopp. Aber es half nichts, irgendwann kam er trotzdem bei den großen Loren an, wo der Schienenstrang über einen schmalen Damm zur nächsten Hallig führte.

Kein Zweibeiner war in der Nähe, und die Loren schliefen. Im sumpfigen Gelände neben den Geleisen raschelte es, Jungvögel in den Riednestern piepsten, und Watvögel stiegen auf der Suche nach Essbarem durch das flache Wasser.

Hier erst wurde Zibeth klar, dass Hamster ihm eine unerfüllbare Aufgabe übertragen hatte. Er würde scheitern, und das war es, was Hamster Sumpfhase berichten wollte. Wie sollte er denn den Minks den Zutritt verwehren? Zähne und Grabkrallen zeigen? Er wusste nicht viel über Minks, nur, dass sie beißen konnten. Das konnte er zwar auch...

Und die Teichhühner? Sofern sie keine Lust hatten, auf seinen Rücken einzuhacken, konnten sie ja einfach über ihn hinweg auf die Hallig fliegen.

Er ärgerte sich schwarz über Hamster. Er würde Sumpfhase alles erzählen, alles. Sich richtig über Hamster und seine großartige Planung beschweren. Er durfte sogar darauf hoffen, statt Hamster zum Stellvertreter ernannt zu werden. Beglückt übte er sich schon einmal in der Sumpfhasengeste. Das klappte.

Dann machte er sich daran, seinen Hunger zu stillen, denn Ärger macht hungrig. Er hüpfte von der Straße herunter zwischen die Schilfpflanzen und tappte durch verstreute offene Wasserflächen, auf der Suche nach den leckersten Larven, Krebschen und Wasserschnecken. In seiner Gier brachte er Nester im Röhricht zum Schwanken und verursachte einen lauten Aufruhr unter den Watvögeln, der ihn aber nicht kümmerte. Was gingen ihn die schon an?

Zibeth nahm auch den Anflug von Waldohreule Asio nicht wahr, der nach Langeneß unterwegs war. Asio rüttelte kurz über ihm, stieß pfeilgerade hinunter und schlug Zibeth die Krallen in den Nacken.

An die Tür des roten Hauses auf der Ketelswarf wurde geklopft und gleich danach geöffnet. Frauke kam aus der Küche in den Flur, wo der Bürgermeister abwartend stehengeblieben war.

„Moin“, grüßte Bürgermeister Lewe.

„Moin, komm in die Küche“, sagte Frauke.

Als Lewe saß, am runden Tisch zusammen mit der ganzen Familie, druckste er etwas herum, bis er die richtigen Worte fand. „Habt ihr jemals etwas von einer aggressiven Brandgans gehört, die auf der Ketelswarf kleine Kinder attackiert? Ein kleines weißes Tier war angeblich auch dabei. Eine andere Urlauberin will eine Laborratte gesehen haben. Jemand vermutet eine Ringeltaube. Drei Urlauber haben sich beschwert.“

Frauke blickte Jorke mit hochgezogenen Augenbrauen an und nickte auffordernd.

„Hier gibt es keine aggressiven Tiere“, antwortete Jorke fest. „Im Gegenteil, ich kenne nur zahme, ein Teichhuhn, eine Brandgans und ein weißes Biberchen. Die lassen sich alle streicheln.“

„Vielleicht haben die Leute die Brandgans gestört?“, schlug Frauke vor, „und die hat sich nur gewehrt. Befanden sie sich denn in der Nähe eines Priels?“

Der Bürgermeister griff zu seinem Glas, das Thies ihm eingeschenkt hatte, und nahm einen großen Schluck. „Das weiß ich nicht genau, jedenfalls wollten sie baden. Prielnähe mit Nest kann schon sein. Aber dann bleiben noch die umlaufenden Geschichten von dem weißen Tier mit dichtem Fell. Der Jäger behauptet, es sei eine wegen der Gangsysteme in den Warfen gefährliche Bisamratte, die Schützer sagen, es sei ihnen eine zahme Laborratte entlaufen, und auf Maienswarf haben sie festgestellt, dass das weiße Tier die Eier in der Möwenkolonie räubert. Massenhaft. Ausgeschleckt und nur Tropfen von Eigelb zurückgelassen. Du weißt vermutlich, wie das aussieht, Frauke."

„Weiß ich. Aber wenn das stimmt, ist es keine Bisamratte, auf gar keinen Fall. Es ist in der Wissenschaft umstritten, ob sich Bisamratten überhaupt über Vögel oder deren Eier hermachen. Es konnte noch nie bestätigt werden. Massenhaft schon gar nicht. Das hört sich nach Ratte oder Raubtier an. Der Jäger muss sich irren."

„Und die Gäste irren sich vermutlich hinsichtlich der Brandgans. Aber es ist sehr unbefriedigend, wenn solche Gerüchte erst mal in Umlauf gesetzt sind", seufzte Lewe. „Der Tourismus leidet, wenn Leute so etwas in den sozialen Netzwerken im Internet verbreiten. Ja, gern, einen nehme ich noch", bestätigte er Thies, der mit der Kornflasche fragend vor ihm stand.

„Man kriegt die Gerüchteflasche nie mehr zugekorkt", bestätigte Thies, „und wenn noch so sehr gelogen wird. Die Kornflasche schon, am besten, wenn sie leer ist."

Einige Tage schon hatte Bisamm über den Aufregungen in der Burg und wegen Ondat nicht mehr an den Ranzrattenmann gedacht. An den Gestank aus dem Sood hatten sich alle gewöhnt. Als Bisamm aber wieder in der Nacht in seinem Topinamburgarten grub, der seiner neuen Behausung bequem nahe lag – nur durch den Fething schwimmen und den Abhang hoch – hörte er die gedämpften Schritte, die ihm wohlbekannt waren.

Ranzratte trug wieder eine Tasche, die sehr schwer zu sein schien, denn er wechselte die Hand, während er stehenblieb, um mit vorgestrecktem Kopf zu lauschen.

Alles war still, die Häuser dunkel.

Bisamm schlich hinter Ranzratte her, als dieser seinen Weg zum Sood fortsetzte, wo er den Deckel leise löste und beiseitestellte. Dann machte er etwas Merkwürdiges, was Bisamm sich nicht erklären konnte. Er setzte eine Brille auf, wie sie Zweibeiner manchmal in der Sonne trugen. Aber es war stockdunkle Nacht. Über die Hände streifte er sich eine schwarze Haut, dann schöpfte er in der Tüte mit einer Blechdose ein weißes Pulver, das er in den Sood streute. Ganz, ganz vorsichtig, wobei er den Kopf beiseite hielt, bevor er mit einer Lampe hineinleuchtete, um das Ergebnis zu betrachten. Er wiederholte die Prozedur mehrere Male, bevor er den Deckel schloss und die unerklärlichen Gegenstände in die Tüte zurücklegte.

Hinter Bisamm, der in einer Hecke versteckt war, gab es ein schabendes Geräusch. Asio? Ein Hund? Vor Schreck wäre er beinahe in die Höhe gehüpft, aber die kräftigen Äste verhinderten seinen Höhenflug. Stattdessen sah er sich um, um schlanke Beine zu erkennen. Jorke, die in seiner Nähe das Laub auseinanderfächerte und zum Sood spähte.

Ranzratte hatte sie gehört, das konnte Bisamm an den Wellen von aufgeregtem Gestank riechen, die ihn sofort erreichten. Aber der Zweibeiner war vorsichtig genug, sich nicht zu verraten.

Jorke wusste ganz sicher nichts davon, dass sie bemerkt worden war. Sie wartete ab, bis Ranzratte davonging, dann huschte sie auf der anderen Seite um das rote Haus herum und erwartete den Zweibeiner, versteckt an dem grauen Weg, wo die kleinen Rollwagen zu stehen pflegten.

Womöglich hatte sie vermutet, dass Ranzratte im Rollwagen gekommen war, dachte Bisamm, aber das stimmte nicht. Wie schon einmal wanderte er hinunter zum Ufer. Jorke blieb oben und sah ihm verblüfft nach.

Bisamm hingegen fegte im Gras von der Warf, wühlte sich durch die Pfützen und Gräben und gelangte vor Ranzratte an den kurzen Steg, an dem bei Hochwasser das Boot gehorsam zu warten pflegte. Ohne lange zu überlegen, ließ sich Bisamm kopfüber hineinrutschen und verkroch sich unter einem Haufen mit Säcken und Decken.

Nicht lange danach kam Ranzratte, warf die Tüte ins Boot, stieg selber hinterher und setzte ein schauderhaft lautes Ding in Gang, das sie ins offene Meer schaukelte.

Hamster hatte einen weiteren großartigen Plan gefasst: Er hatte versprochen, sich um die Brandgänse zu kümmern. Sumpfhase würde von seinem Ideenreichtum begeistert sein, wenn er zurückkam und Hamster hätte drei Probleme gelöst: Die Teichhühner von der Hallig fernzuhalten, die Zahl der einwandernden Nerze zu begrenzen und die Brandgänse zu verjagen.

Er wusste aus Berichten anderer, dass die erwachsenen Brandgänse ihre Dunenjungen in Kindergärten zurückließen, wenn sie sich zur Mauser aufmachten. Weit weg, jedenfalls waren sie nicht in der Lage, auf die flugunfähigen Kleinen zu achten. Die Uraltgänse, die die Jungen bewachten, konnten ihm wohl kaum Widerstand entgegensetzen.

Gespannt machte Hamster sich auf den Weg, um den Kindergarten zu suchen.

Nachdem er ein paar Fennen abgeklappert hatte, fand er sie. Sie waren weniger bunt als die Alten, eher grau. Zwei bunte Altvögel bewachten die Jungen.

Begierig auf Erfolg schwamm Hamster im Priel in die Nähe der weidenden Kinderschar, sprang auf das Gras hoch, lief auf die nächste Gans zu und hackte ihr kräftig ins Bein.

Übersehen hatte er, dass ein Altvogel danebenstand. Dieser fuhr herum und ging mit geöffnetem Schnabel auf Hamster los. Während die zweite erwachsene Gans die Kleinen erregt mit „egegeg“, warnte, sauste Hamster zum Priel zurück, aber die Gans war schneller. Sie biss so kräftig in Hamsters Schwanz, dass er dachte, er würde ihn im Gras zurücklassen.

Endlich erreichte er das Wasser, aber die Gans ließ nicht los. Er schwamm um sein Leben, und da konnte die Gans nicht mehr mit. Irgendwo in unbekannter Gegend krabbelte er aus dem Priel und kroch zur Warf zurück.

Sumpfhase sank ermattet vor dem Eingang zum Erdbau zusammen, er schaffte es nicht mehr hinein. Er konnte sich nicht einmal mehr bemerkbar machen.

Nach einer Weile stieß Hamster zufällig auf Sumpfhase. Mit mäßigem Interesse hockte Hamster sich neben ihn, den Schwanz verbergend, der zum Glück aufgehört hatte zu bluten.

Eigentlich konnte Sumpfhase nicht in Kiel gewesen sein, für den Hin- und Rückweg an einem Tag war es zu weit. „Alles gut?", fragte Hamster forscher, als ihm zumute war.

„Nichts ist gut", krächzte Sumpfhase, der halb verdurstet war. „Jedenfalls nicht alles. Das Unwichtige nicht."

Hamster betrachtete ihn kritisch. Sumpfhases Fell war an manchen Stellen verklebt, von Blut, wenn er genau hinschnupperte, der Rest stand borstig in alle Richtungen, und der Schwanz war schorfig, als hätte er ihn über den Boden schleifen lassen. Anders als durch einen Gänsebiss.

Trotzdem nicht ausgeschlossen, dass er demnächst Sumpfhases Nachfolge antreten würde. Schließlich hatte er noch weitere Ideen. „Was passiert?"

„Zibeth ist tot", keuchte Sumpfhase. „Asio hat nur sein Schwänzchen liegenlassen. Mit großen Fleischfetzen in den Klauen flog er über mich hinweg zum Festland. Niedrig. Zibeth stand gut im Futter."

„Das war ein feiger und brutaler Anschlag!", leierte Hamster runter, so laut, dass man es auch im Bau mitbekam.

„Unsinn", bellte Sumpfhase, der sich allmählich erholte, „es war ein Versehen! Asio muss Zibeth mit Grünbein verwechselt haben. Irgendwo am Grünbeinring musste der ja sein."

„Armer Zibeth", heuchelte Hamster und versagte sich zu erwähnen, dass Grünbein nach Sumpfhases früherer Ansicht eben nicht am Grünbeinring zu finden war. „Wir müssen die anderen darauf aufmerksam machen, dass Asio in deinem Auftrag jagt, aber nicht so gut sieht. Man muss sich also vorsehen."

„Ja, da hast du recht."

Hamster seufzte theatralisch. „Welch erbärmliches Ende von Zibeth. Erst das grässliche Schnabelknappen, dann wird er in Stücke geschnitten, und schließlich werden noch seine Reste ausgespuckt. Außer dem Schwänzchen." Geplant hatte er selbstverständlich nicht, dass Zibeth zur Jagdbeute werden würde, ausgeschlossen aber auch nicht. Dies war jedenfalls trotz seiner eigenen Niederlage ein sehr zufriedenstellender Ausgang eines aussichtslosen Unternehmens.

„Was machte Zibeth eigentlich dort am Damm?", erkundigte sich Sumpfhase, weil ihm das jetzt einfiel.

Hamster dachte demonstrativ nach. „Das weiß ich eigentlich gar nicht", meinte er. „Könnte es sein, dass er dir nachspionierte?"

„Hm. Das glaube ich weniger. Vielleicht wollte er mit mir ohne lauschende Ohren in der Nähe sprechen."

„Auch möglich."

Hamster sah Sumpfhase nach, der sich in den Bau schleppte. Es war alles in allem ein gelungener Tag.

19. Der Sumpfhase-Asio-Pakt

Die ins Boot fliegende Tüte landete auf den Decken, unter denen Bisamm versteckt war. Aber sie war ganz leicht, und riechen konnte er nichts.

Er hatte auch nicht das Bedürfnis dazu. Das Boot ratterte in einer solchen Fahrt über die Wellen, dass ihm Hören und Sehen verging.

Irgendwann beruhigte sich das Fahrzeug, lag still und schaukelte nur ein wenig. Ranzratte sprang an Land. Bisamm hüpfte auf die Sitzbank und spähte ihm hinterher, wie er auf einem Steg ähnlich dem auf der Hallig mit der schlenkernden Tüte davonwanderte und unter Bäumen verschwand.

Richtige Bäume. Ob hier Asio wohnte? Oder Freunde von ihm? Bisamm beschloss, sehr, sehr vorsichtig zu sein. Dieses Land unterschied sich von der Hallig, aber auch von dem, von dem Mutter Zita erzählt hatte.

Als Erstes musste er durch Sand rennen, was unangenehm war, aber schließlich fand er Deckung unter dichtem Gebüsch, wo er erst einmal hocken blieb, um nachzudenken.

Zurückschwimmen konnte er nicht, das war ihm klar, denn es war viel zu weit. Wandern vermutlich auch nicht, er wusste ja gar nicht, wo er sich befand. Er musste darauf hoffen, dass Ranzratte von Zeit zu Zeit zur Hallig fahren würde, wie bisher. Oder fuhr das Boot gelegentlich auch ohne Ranzratte?

Jedenfalls hieß es, immer in der Nähe des Bootes zu bleiben. Süßes Wasser erschnupperte er bereits, und an Essen wie auf der Hallig würde es nicht mangeln. Asio und Freunde waren möglicherweise die größte Gefahr, aber davon abgesehen, konnte er hier gut einige Tage verbringen.

Zu Bisamms Überraschung kam Ranzratte in der nächsten Abenddämmerung schon zurück, diesmal in beiden Händen je eine schwere Tüte. Er ging so langsam, dass Bisamm es vor ihm an Bord schaffte, mit knapper Not, aber er war drauf. Und unter dem Deckenhaufen.

Die Fahrt ging zurück zur Hallig. Bisamm war heilfroh, als er Ranzratte nachsah, der die graue Auffahrt hochstieg. Er wankte ihm nach.

„Läuft?", fragte Ralle, noch bevor er ganz neben Bisamm gelandet war.

Bisamm schüttelte sich. „Kriecht", verbesserte er schwach.

„Sieht man", krähte Ralle belustigt.

„Was sieht man?", fragte Chloropus, der von irgendwoher angeflattert kam, und platschte etwas unsanft auf die harte Ack.

„Er muss mordsmäßig gekämpft haben", erläuterte Ralle seinem Vater.

Chloropus musterte Bisamm sachkundig. „Mit Galla nicht. Dann sähe er anders aus."

„Mit Zibeth?", erkundigte sich Ralle. „Sie sagen, dass er tot ist."

Bisamm richtete sich jäh auf. „Zibeth ist tot?"

„Weißt du davon nichts?"

„Nein, bestimmt nicht. Ich war irgendwo da draußen." Bisamm fuchtelte mit der Pfote Richtung See. „Auf einem Boot. Grässlich! Was ist denn mit Zibeth passiert?"

„Drei Wochen war das Kind so krank, nun lügt es wieder, Gott sei Dank", trompetete Chloropus fröhlich und vorausschauend heraus.

„Ich weiß nur, dass er gefressen wurde, und sein Schwänzchen übriggeblieben ist. Ich dachte, Zibeth hätte sich mit dir gebattelt und Asio sich die Reste geholt. Vermutlich hat Asio sich das Warten gleich erspart. Wollen wir dönieren gehen?

Du siehst aus, als könntest du ein paar Larven gebrauchen."

„Also, ich muss los", unterbrach Chloropus sie. „Muss brüten gehen. Galla erwartet mich." Flatternd lief er zum Fething hoch.

„Ich kann noch nicht", antwortete Bisamm auf Ralles Frage. „Ich muss wissen, was die Ranzratte macht. Der bin ich seit gestern gefolgt."

„Ja, gut, schleichen wir uns an."

„Ich glaube, er ist wieder am Sood."

Wie von Bisamm erwartet, war Ranzratte dabei, weißes Pulver in den Schacht zu schütten. Er war wohl nicht überzeugt gewesen, dass es beim ersten Mal reichte. Aber was auch immer er bezweckte, Bisamm stellte fest, dass der üble Geruch annähernd verschwunden war. Das fand er gut.

„Kurr", sagte auch Ralle überrascht.

Ranzratte drehte sich um, jedoch ohne die Beunruhigung, die er bei Jorkes Entdeckung gezeigt hatte. Vermutlich kannte er Vogellaute, aber er sah Ralle nicht und widmete sich in aller Ruhe weiter dem Abstreuen des Soodwassers.

Bisamm machte sich Gedanken, worin der Unterschied zwischen Jorke und Ralle bestand. Er kam nicht drauf, immerhin waren sie beide Zweibeiner, aber er würde Ranzratte weiter im Auge behalten.

„Hattest du nicht irgendetwas mit Tieren gelernt, Frauke, oder?"

Frauke drehte sich um. Sie und Jorke waren gerade dabei, im Beet Schnittlauch und Rauke von Quecken zu befreien. Hinter ihr stand Lewe mit sorgenvollem Gesicht. „Ja."

„Dann kannst du uns vielleicht helfen. Vor einigen Tagen waren die Gelege der Bodenbrüter an der Mayenswarf zerstört, heute melden sie mir dasselbe von der Honkenswarf. Das macht mir richtig Sorge. Wer tut so etwas?"

Frauke lud Lewe in den Strandkorb ein, sie setzten sich nebeneinander, und Jorke hockte sich interessiert auf das Schemelchen, um zuzuhören.

„Eine Bisamratte scheidet für solche Verwüstungen in tierischem Eiweiß aus, das habe ich dir ja schon gesagt. Unmöglich. Und Ratten? Da käme als weiße Ratte die Farbratte in Frage, auch Laborratte genannt. Die müsste dann aber irgendwo entwischt sein, einem Forschungsinstitut oder einem privaten Halter. Sie ist heutzutage zum Heimtier geworden."

„Aber?"

„Deine Schilderung spricht nicht dafür. Die Farbratte braucht ein Revier, das sie verteidigt. Und dieser blitzschnelle Wechsel von einer Brutkolonie zur anderen auf weit voneinander entfernten Warfen deutet auf andere Lebensgewohnheiten."

„Damit wären wir wieder am Anfang", bemerkte Lewe vergrätzt.

„Nein, im Gegenteil", widersprach Frauke. „Jetzt wissen wir mehr. Ich tippe auf ein marderartiges Tier. Zum Beispiel der Nerz, der auch weiß gefärbt sein kann. Aber soviel ich weiß, gibt es im Norden bisher nur Kolonien entlang der Elbe, die aus Tieren entstanden sind, die von sogenannten Tierschützern aus ihren Käfigen befreit wurden. Die richten großen Schaden unter den Bodenbrütern an. Du müsstest dich erkundigen, ob man Nerze auf der Hallig vermutet."

„Mach ich. Gibt es noch eine Möglichkeit?"

„Tatsächlich, ja. Es könnte ein Frettchen sein. Im Gegensatz zu Nerzen kann man sie als Haustier halten. Weiße Schläge sind beliebt. Angezüchtet wurde ihnen ein besonders kurzer Darm. Sie müssen also dauernd essen. Ich würde deshalb auf ein entkommenes Frettchen tippen."

Lewe nickte zuversichtlicher als während des ganzen Monologs von Frauke. „Das wäre ja auch gar nicht schwer, herauszufinden. Jeder Vermieter müsste wissen, ob ein Gast ein Frettchen dabeihatte. Und mit ihm abgereist ist. Nicht alle erlauben Haustiere, ich weiß allerdings nicht, ob kleine Käfigtiere als Haustiere wie Hund oder Katzen gelten." Er erhob sich und gab Frauke die Hand. „Du hast mir sehr geholfen. Danke."

Als er fort war, hatte Jorke noch etwas zu melden. „Mams, Biberchen war gestern Nacht sowieso nicht auf der Hallig. Er fuhr mit einem Boot fort. Er kann es gar nicht gewesen sein."

Frauke guckte etwas komisch, und Jorke merkte, dass sie sich verplappert hatte. „Was machst du denn in der Nacht am Steg?"

„Na, ja", sagte Jorke hastig, „ich spiele ein bisschen Pippi Langstrumpf. Ich habe doch Ferien …"

„Soweit ich mich erinnere, ist Pippi keinen Bisamratten nachgestiegen"" wandte Frauke ein, beendete dann aber aus Barmherzigkeit das Thema. Ferien eben …

Jorke atmete auf und rodete mit Feuereifer Brennnesseln.

Bisamm geriet mitten in eine Versammlung, in der die Sippen Auskunft über Zibeths Schicksal forderten. Anscheinend wusste kaum einer mehr darüber als Ralle.

Sumpfhase stand wieder erhöht, aber er wirkte geschrumpft, weniger imposant als bisher. In seiner Nähe hatte sich Hamster postiert. „Ich habe mit Asio ein sehr ernstes Gespräch geführt …", begann Sumpfhase getragen.

„Vor oder nach Zibeths Tod?", piepste Häsin, die sich vor niemandem fürchtete. Manche nannten sie deshalb auch Schlappmaul.

„Vorher natürlich! Es ging darum, von Asio Hilfe gegen die Teichhühner einzufordern, die wir hier auf der Hallig nicht mehr haben wollen. Erinnert euch an die Schlacht gegen Ondat und Zibeth …"

Die Versammelten blieben still, es erhob sich auch kein Beifall wie üblich.

„Galla Teichhuhn hat aber Zibeth nicht gefressen. Das soll Asio gewesen sein. Nur die Eulen können große Stücke aus ihrer Beute reißen."

„Das weiß niemand, Häsin. Es gibt keine Beweise. Asio steht auf unserer Seite. So wie Galla auf Streit aus ist, kann sie Zibeth ohne Weiteres getötet haben, und Asio hat dann seine Reste beseitigt. Alles ist möglich."

Häsin schwieg, obwohl sie mit der Antwort nicht zufrieden war. Bisamm war erleichtert. Ein Streit mit Sumpfhase konnte unglücklich ausgehen, wie man wusste.

Sumpfhase wandte sich von ihr ab und machte ein konzentriertes Gesicht. „Obwohl ich Schuldzuweisungen an Asio ablehne, halte es für denkbar, dass Asio nicht gut sehen kann…"

„Meine Idee!", rief Hamster, der sich vor Stolz nicht mehr zurückhalten konnte.

Sumpfhase nickte ihm flüchtig zu und fuhr in seiner Rede fort. „Und da Asio euch im Einzelnen nicht kennt, sollten wir vorsichtig sein, wenn er sich auf die Jagd nach Teichhühnern in unsere Nähe begibt. Ich bin sicher, dass ein Warnruf Asio aufhalten würde, eine Erinnerung an seine Pflichten, wie zum Beispiel: Sumpfhase-Asio-Pakt!"

Es erhob sich ein Gemurmel unter den Bisams. Nicht überall hörte es sich nach Zustimmung an.

Sumpfhase wartete, bis es wieder still geworden war. „Den Ruf üben wir jetzt mal! Alle zusammen: Sumpfhase-Asio-Pakt!"

Die Resonanz war kläglich.

Hamster trat vor.

Bisamm erkannte an den Krusten an seinem Schwanz, dass er sich mit jemandem Geschlagen hatte. Mit Sumpfhase? Das war am Unwahrscheinlichsten.

„Das klingt noch nicht überzeugend, Leute! Nochmal das Ganze, zuerst die Bisaminnen, dann die Bisams. Mal sehen, wer es lauter kann. Sumpfhase-Asio-Pakt!", skandierte Hamster mehrmals und sehr viel ausdrucksvoller als Sumpfhase. Als er mit dem Taktgeben zu Ende war, legte er die Krallen zur Sumpfhasengeste zusammen. „Gut gemacht, Freunde!"

Sumpfhase schien anfänglich nur peinlich berührt, dann aber äußerst verärgert.

Bisamm sah es. Sumpfhase hätte Hamster vermutlich sofort vom Sockel seiner Überheblichkeit als Stellvertreter herabgestoßen, wenn Ondat und Zibeth zu seiner Unterstützung noch da gewesen wären.

Plötzlich meldete sich Kaninchen.

Sumpfhase nickte ihr gnädig zu. Von der schüchternsten aller Bisaminnen erwartete er kein Unheil, aber vielleicht sogar eine willkommene Ablenkung.

Bisamm schmunzelte in sich hinein. Die Weibchen aus seiner Sippe ließen sich nicht alle das Wort verbieten.

„Zibeth soll am Lorenbahnhof gestorben sein. Ist das richtig?“, fragte Kaninchen ohne jeden Gedanken an einen Hinterhalt.

Sumpfhase und Hamster versteinerten, aber Kaninchen ließ sich nicht aufhalten, wenn sie es überhaupt bemerkte. Bisamm legte vor Schreck die Pfoten aneinander.

„Ich habe gehört, dass Hamster Zibeth an den Lorendamm befohlen hat. Der wollte nicht, aber er musste. Vielleicht kann Hamster dazu Stellung beziehen“, bat Kaninchen in ungetrübter Höflichkeit.“

Beredtes Schweigen füllte die Höhle.

Hör bloß auf, du dummes kleines Ding, dachte Bisamm verärgert.

„Nur zu, Hamster“, gebot Sumpfhase knapp.

Hamster blieb keine Wahl. Alle starrten ihn an. Er konzentrierte sich und legte los, als sei er nicht nur bei Sumpfhase, sondern im Kieler Abgeordnetenhaus in die Schule gegangen. „In der augenblicklichen Situation erscheint die Präsenz von uns Bisams überall auf der Hallig absolut unverzichtbar. Aber wir setzen natürlich absolut vorrangig auf Freiwilligkeit, auch wenn es Alternativen gibt, deren positive Wirkung und Qualität man nicht bestreiten kann. Wir finden unsere Helfer heute in allen Schichten der Bevölkerung und sehen dies auch differenzierter als früher. Es darf keine Denkverbote geben. Sumpfhases Einwilligung vorausgesetzt, plädiere ich dafür, Ameisen nicht als Feinde anzusehen. Für alle anderen Feinde gilt: Wir werden dem Druck der Straße keinesfalls nachgeben und müssen uns leider auf Kollateralschäden gefasst machen. Insofern ist heute ein historischer Tag, und ich danke euch allen für eure Erlaubnis, zu euch zu sprechen.“ Er schloss seine Rede mit der Sumpfhasengeste.

Das protestierende Rattern der Bisamschneidezähne brandete an die Höhlenwände an.

Sumpfhase blies sich auf, sträubte die Haare und stank betäubend. Sein Zorn auf Hamster war im Verlauf von dessen Rede derart angewachsen, dass er imstande schien, noch in der Höhle auf Hamster loszugehen. Die Nächststehenden Bisamratten rückten aus Furcht vor einer Schlägerei von ihm und Hamster ab. Es wurde totenstill.

In die Stille hinein piepste Kaninchen mit fortgesetzter Naivität: „Sumpfhase wusste, dass Asio Zibeth getötet hat. Er und Hamster haben darüber geredet.“

Als Erster stürzte Bisamm nach draußen. Diese Mischung aus Komplizenschaft zwischen Sumpfhase und Hamster sowie dem gemeinschaftlichen Verrat am Bisamvolk war nicht mehr auszuhalten.

Nach und nach krochen die Bisams aus den Zugangsröhren zum Bau und versammelten sich auf dem Warfabhang, wo sie erregt diskutierten. Sumpfhase, Hamster und Mäuschen fehlten als Einzige.

Zu Bisamm kam unerwartet Mosca gewandert, einer seiner Brüder, die schon lange kein Wort mehr an ihn gerichtet hatten. „Das hätte wohl keiner von Hamster gedacht, oder? Was meinst du dazu, Bisamm?“ Sein Ton war kameradschaftlich, keine Spur von der Eifersucht, die ihn früher manchmal unleidlich gemacht hatte.

Während Bisamm über eine ausgewogene Antwort nachdachte, umringten ihn weitere Verwandte, und auch von der anderen Sippe kamen Zuhörer.

Endlich wusste Bisamm, was er sagen musste. „Hamster handelt nicht sehr überlegt, wie wir jetzt wissen. Er wohl auch. Ich hoffe, er hat daraus gelernt. Wir sollten gelernt haben, dass wir uns einem Befehl nicht einfach fügen dürfen und ihn hinterfragen müssen. Ich denke, auch Sumpfhase sollte begreifen, dass er einen Fehler begangen hat, indem er Hamster zu seinem Stellvertreter machte. Wir müssen hoffen, dass beide in sich gehen und vernünftig werden. Falls nicht, werden wir gemeinschaftlich und nach Diskussion der Lage handeln müssen.“

Bei seinen ausgewogenen Worten klopften die Schwänze lange und anhaltend.

Später war Bisamm wieder allein draußen auf dem Warfabhang, alle anderen hatten sich zerstreut, um nach ihrem Lieblingsfutter zu suchen.

Nur Bisamm hatte noch keinen Hunger. Er freute sich auf einen kleinen Schwatz, als Chloropus von seinem Ausflug zurückkam. Einmal nicht an Asio denken müssen!

Doch Chloropus landete auf dem Nest und hatte keinen Sinn für müßiges Schwatzen. „Grünbein ist verschwunden. Seine Frauen auch“, meldete er Galla.

„Ob er wieder zurückgeflogen ist nach Eiderstedt, wo er geschlüpft ist?“

„Zum kranken Mann am Heversand?“, trällerte Chloropus.

„Sei doch mal ernst“, tadelte Galla.

„Wie soll ich das wissen?“ Chloropus pickte gleichgültig in seinen Federn herum.

Galla gab nicht auf. „Ist sein Nest denn noch da?“

„Ja. Darin lagen drei grüne Beine.“

„Das kann unser Grünbein nicht sein“, befand Galla erleichtert. „Er hat nur zwei. Die müssen von seinem Weib stammen.“

„Wahrscheinlich“, gab Chloropus nach und flog davon, bevor er zum Brüten aufgefordert wurde.

Jetzt war Bisamm der Appetit gänzlich vergangen. Sumpfhase-Asio-Pakt!

20. Nesträuber

Ihr habt den Schuldigen noch nicht gefunden", sagte Frauke dem Bürgermeister auf den Kopf zu.

Der schloss sehr bedächtig das Törchen hinter sich und kam in den Garten. Er setzte sich zu Frauke und Thies an den Tisch, wo er sogleich eine Flasche Flens zugeschoben bekam. Nachdem er diese mit einem vernehmlichen Plopp geöffnet und einen langen Schluck genommen hatte, war er für das Gespräch ausreichend gewappnet.

Verlegen, dachte Frauke erstaunt.

„Man kann es fast als Blutbad bezeichnen", eröffnete Lewe seinen Bericht. „Das unbekannte Tier macht weiter, jetzt zwischen Honkens- und Hunnenswarf."

„Habt ihr denn nach einem entlaufenen Frettchen gesucht?", erkundigte sich Frauke.

„Nein. Ich habe mit allen geredet, die hier auf der Hallig das Sagen haben. Niemand glaubt an ein Tier mit sehr kurzem Darm. Blödsinn, haben sie mir entgegengeschleudert. Das gibt es nicht! Diese Touristin hat viel Phantasie, aber keine Kenntnisse von der Hallig. Theorie gegen Praxis eben."

Frauke zuckte gleichmütig mit den Schultern. Damit hatte sie rechnen müssen. Es gab auf der Hallig Männer, die alles besser wussten.

„Sie haben den Jäger nochmals befragt, er kommt zwar vom Festland, aber er ist doch der Fachmann. Herr Federrupf kennt natürlich das Jagen mit dem zur Jagd abgerichteten Frettchen, aber das Frettieren betreibt hier in der Gegend niemand, den er kennt."

„Ich sprach von einem zahmen Frettchen, einem entlaufenen Haustier eines Kindes", entgegnete Frauke bemüht ruhig.

„Niemand hat davon etwas gehört."

„Und?"

„Einer unserer eigenen Jäger erkundigt sich jetzt bei befreundeten Jägern im Elbgebiet nach den Nerzkolonien. Womöglich haben sie sich doch nach Norden ausgebreitet."

„Es geht Zeit verloren. Sucht nach einem Frettchen", empfahl Frauke knapp.

Lewe seufzte tief. „Alle sind dagegen. Es würde den Tourismus auf der Hallig stören. Manche Leute hätten Angst um ihre Waden, andere um ihre Hunde. Dafür muss man Verständnis haben."

„Ja", sagte Frauke lakonisch. „Das muss man wohl."

Lewe fiel noch etwas ein. „Ich weiß, dass du etwas mit Tieren gelernt hast. Aber was? Tierpfleger, oder so?"

„Zoologie studiert."

Lewe klopfte auf den Tisch und ging.

Im Morgengrauen, als Bisamm in einem Priel fooden wollte, entdeckte er, dass Ranzrattes Boot immer noch am Steg lag, was in diesem Fall bedeutete, es lag im Schlick. Niedrigwasser herrschte, und das Boot hatte Schieflage. Davonfahren konnte es also nicht, aber Bisamm beobachtete es trotzdem eine Weile.

Unerwartet kroch Ranzratte aus der niedrigen Öffnung, hinter der Bisamm einen geschlossenen Raum vorgefunden hatte. Dann zog Ranzratte seine Hose halb herunter und pfützelte ins Watt. Er benutzte nicht einmal eine Kotecke wie eine wohlerzogene Bisamratte.

„Pfui!", sagte der gerade neben Bisamm landende Chloropus und hielt mit ihm zusammen Ausschau. „Die Kultur eines Besuchers richtet sich nach dem Verbrauch von Seife."

„Was ist das?"

„Weiß ich auch nicht genau, aber es hat mit Gestank zu tun, der dadurch beseitigt wird. Das nennt sich Hygiene. Dieser Besucher hält nicht viel davon."

Bisamm ging ein Licht auf. Ranzratte hatte offenbar Seife in den Sood geschüttet.

„Hast du schon das neueste Gerücht gehört?"

„Bestimmt nicht", sagte Bisamm abweisend.

Aber Chloropus ließ sich nicht aufhalten. „Eine der Altgänse soll deinem Bruder Hamster den Schwanz amputiert haben."

Bisamm guckte fragend.

„Abgeschnitten, schnipp, schnapp. Hamster wollte einem Dunenküken an die Beine. Hat nicht geklappt. Die Oberaufsicht der Gänse war genauso kriegerisch wie meine Galla", schwärmte Chloropus stolz. „Jetzt lacht die ganze Hallig über euren Versager. Und Hamster wird es nie wieder versuchen."

„Er hatte seinen Schwanz noch, als ich ihn zuletzt sah", sagte Bisamm bedächtig. „Aber er war verletzt, das stimmt."

„Na, ich muss weiter", gackerte Chloropus, als er merkte, dass er weiter nichts erfahren würde. „Habe zu tun. Ralle sagt immer, ich wäre so entspannungsorientiert. Schön, wenn man von seinen Kindern gelobt wird. Du solltest dir auch welche zulegen." Sagte es und flatterte mit vorgestrecktem Kopf auf dem Ufersteig davon.

Hat noch Zeit, dachte Bisamm und widmete sich weiter Ranzrattes Tun. Der setzte sich auf die Bank, trank aus einer Flasche und aß ein Brot wie viele von den Zweibeinern, die zu Besuch kamen. Er hatte an Bord geschlafen, statt in eines der Häuser zu gehen. Bemerkenswert deshalb, weil er ja in diesem anderen Land, wo er Eimer mit weißer Seife zu holen pflegte, sich nachts woanders aufgehalten hatte. Eine weitere Frage blieb offen: Warum benutzte Ranzratte diese Seife nicht für sich selber?

Die Schilfwurzeln dufteten verführerisch. Bisamm hörte auf, sich über Ranzratte nutzlos Gedanken zu machen, und schlug seine Zähne in eine schlanke Knolle.

Bisamm lief inzwischen auch bei Tage ungeniert auf der Warf herum, denn er vertraute auf alle Beschützer, die er hatte. Wieder beobachtete er den Rollwagen, den er ja auch von innen kennengelernt hatte, und den Jorke Mumienexpress nannte. Eine Schar von langsam auf die Warf wandernden Zweibeinern, die alle dem Haus zustrebten, das offensichtlich immer das Ziel von Besuchern war, erinnerte ihn wieder an Ranzratte. Der war nie in diesem Haus gewesen, und auch heute mischte er sich nicht unter die Leute. Auch war er seines Wissens nie mitgefahren, wenn die anderen weiterfuhren. Das Café hatte nie nach ihm gerochen, nur einmal die Umgebung. Was wollte er eigentlich?

Dann lief Bisamm wieder zurück und hörte über den Fething hinweg Jorkes Stimme.

„Mams, ich geh schwimmen. Wartet nicht auf mich mit dem Essen, ich sonne mich anschließend mit einer neuen Freundin am Südstrand.“

„Aber nicht, wenn das Wasser schon abläuft!“

Jorke antwortete nicht, sondern düste an Bisamm vorbei, der erschrocken beiseite sprang, aber sie sah ihn trotzdem und rief: „Hallo, Biberchen. Kommst du mit?“

„Nein, das doch wirklich nicht“, murmelte Bisamm entsetzt. Er kannte die Freundin nicht, und da waren auch noch andere Leute. Außerdem beabsichtigte er bestimmt nicht, Jorke Muscheln wegzuessen. Abgesehen davon, dass sie an dieser Badestelle für Zweibeiner gar keine Herzmuscheln finden würde.

Jorke stoppte plötzlich ihren Lauf und kam zu Bisamm zurück. „Weißt du was, Biberchen? Wenn ich zurück bin, werde ich mal gründlich nach den Tieren googeln, die Eier von Bodenbrütern essen. Du wirst immer mal wieder beschuldigt, aber ich glaube das nicht.“

Während Bisamm auf dem Rückweg über ihre seltsame Rede nachdachte, musste er dem Zweibeiner ausweichen, der einige Male in Jorkes Haus zu Besuch gewesen war. Auch dieses Mal wollte er dahin. Bisamm versteckte sich in der Hecke und wartete ab.

Kurze Zeit später kam Frauke aus dem Haus. „Etwas Neues, Lewe?"

„Ein wenig", gab er zu. „Es könnte sein, dass sich auf die Hallig ein Nerz verirrt hat. Ein amerikanischer aus einem Zuchtbetrieb. Auch in Dänemark werden Nerze gezüchtet und zuweilen illegal freigelassen. Denen fehlt einer vom Farbschlag silberblau."

„Was ja nicht gerade weiß ist", flocht Frauke ein.

„Nein, aber es lässt den Verdacht zu, dass auch andere entkommen sind. Es gibt sogar die Möglichkeit, dass einer der seltenen europäischen Nerze hierhergekommen ist. Die sind das ganze Jahr über streng geschützt. Die amerikanischen haben jetzt Schonzeit."

„Ihr wollt also gar nichts unternehmen?" Frauke war halb bestürzt wegen der Vogelmorde, halb erleichtert wegen Jorkes Biber.

„Doch, ich habe schon gehandelt", sagte Lewe ohne jede Regung seiner Gesichtsmuskeln. „Mir liegen die Gäste und unsere besondere Vogelwelt mehr am Herzen als jagende Tiere. Ich habe einen Telefonrundruf gestartet. Auf Maienswarf wurde ich fündig. Dort hatte sich vor kurzem eine Familie mit Tochter eingemietet. Da es eine rauchfreie Wohnung war, fiel den Vermietern der seltsame Geruch auf, der nach der Abreise in den Zimmern stand. Von einem Frettchen wussten sie nichts. Auf meine Bitte hin haben sie bei den abgereisten Gästen angerufen und tatsächlich erfahren, dass das Kind sein Frettchen mitgebracht hatte. Sie bedauerten sehr, dass es bei seinem nächtlichen Spaziergang aus dem Geschirr geschlüpft und verschwunden ist. Es ist sehr zahm und zutraulich, und sie bitten um Rückgabe, falls es gefunden wird…"

„Das kommt nicht zurück", sagte Frauke spontan. „So zahm sind sie wieder nicht. Sie sind und bleiben Jagdtiere. Das Frettchen überlebt, solange es genügend Beute findet, Eier, Jungvögel, Mäuse … Im Winter wird es verhungern."

„So lange können wir nicht warten", beschied Lewe. „Täglich ausgeschlürfte Eier von Bodenbrütern gemeldet zu bekommen, ist unerträglich. Was machen wir also? Die einen sind streng geschützt, die anderen haben Schonzeit, die dritten sollen zurückerstattet werden …"

„Es müssen Lebendfallen aufgestellt werden. Jäger, die entsprechende Kenntnisse in einem Fangjagdseminar erworben haben, wissen, was zu tun ist."

„Ja, dann", sagte Lewe erleichtert, „sind wir ja wirklich weiter. „Ich veranlasse das Nötige."

Bisamm hatte erkannt, dass Frauke erleichtert war. Auch Lewe ging beschwingt davon. Sie hatten offensichtlich eine Gefahr abgewendet, wenn auch Bisamm nicht genau wusste, welche.

Nur die Sache mit den Nerzen, die bei ihnen Minks hießen, bekümmerte ihn. Sie konnten auf der Hallig sein oder nicht. Er musste sich auf Frauke verlassen, die das nicht glaubte. Und im Gegensatz zu Sumpfhase wusste er auch nicht, warum hier unbedingt Minks leben sollten, die umerzogen werden mussten, damit sie sich nicht an Bisamms gütlich taten. Besser wäre, sie würden an der Elbe bleiben. Oder in Dänemark.

In der Burg schlief jetzt zur Mittagszeit alles. Außer den Jungen von Mäuschen. Vier des Wurfes kamen ihm entgegen, kugelten übereinander und bissen gegenseitig in ihre Schwänze, in die Luft und schließlich in Bisamms Nase.

„Na, ihr Wilden", sagte er freundlich.

„Du hast hier nichts zu suchen!", bellte der Älteste und Kräftigste. Dann drehte er sich um und pfützelte Bisamm auf den Schwanz, den er vorsorglich schon an den Körper gezogen hatte.

„Was ist das denn für ein Benehmen, Albi?", fragte Bisamm erstaunt. „Weißt du nicht, wo die Kotecke ist?"

„Wieso? Papa Sumpfhase sagt, dass dies nicht dein Bau ist", antwortete der Große frech.

Bisamm musterte ihn. Dieser Mäuschensohn war fast weiß, ähnlich wie die Eier von Branda. „Ich bin dein Onkel Bisamm, ist das klar", fragte er scharf. „Du hast eine Fellfarbe wie ich."

„Papa Sumpfhase sagt, dass das schlimm genug ist, und ich soll mich gegen jeden wehren."

„Ich hoffe, Mama Mäuschen hilft dir zu verstehen, dass du nicht anders bist als alle anderen. Nur heller."

Albi schrumpfte in sich zusammen und senkte verzweifelt den Kopf. „Mama Mäuschen sagt aber, dass ich anders bin!"

Oh, heilige Einfalt! Setzte sich das denn immer noch fort? „Warst du schon mal draußen?"

„Ja!"

„Zeigt Mäuschen dir die Außenwelt, in der du auch als eierfarbenweißer Bisam bestehen musst?"

„Nein! Mama Mäuschen war böse mit mir, weil ich nicht ins Wasser wollte."

„Dann komm mal mit mir mit. Wir machen einen Spaziergang um die Warf."

„Wir auch, wir auch", riefen die anderen drei begeistert und warfen sich auf Bisamm, um sich an ihn zu kuscheln.

Bisamm gab innerlich lachend nach. Diese Kleinen gierten anscheinend nach Unterweisung wie die Welt außerhalb der Burg beschaffen war.

21. Halligkrimi?

Bisamm lieferte vier begeisterte Jungbisams bei Mäuschen ab, die weniger begeistert war, weil sie offenbar gerade einen Streit mit Sumpfhase ausfocht.

„Die Brandgänse und die Teichhühner wollen einfach nicht verschwinden“, klagte Sumpfhase, mit dem Rücken zu Bisamm, den er nicht sah.

„Hast du es ihnen mitgeteilt?“, fragte Mäuschen scharf.

„Wozu? Sie wissen selbst, dass sie hier nicht bleiben können. Ich sage es immer wieder: Multikulti ist eine Lebenslüge!“

Bisamm wollte sofort umkehren, aber die vier Kleinen stürzten an Sumpfhase vorbei in Mäuschens Graslager, und beim Ausweichen bemerkte Sumpfhase Bisamm. „Was willst du denn hier?“

„Eure Brut abliefern. Ich gehe schon. Aber ich würde gerne mit dir sprechen.“

„Das passt. Ich muss mit allen sprechen.“

Auf dem Weg in die große Gemeinschaftshöhle stellte sich Bisamm in Sumpfhases Weg. „Warte. Es gibt etwas Neues. Es besteht die Vermutung, dass ein erster Mink auf der Hallig angekommen ist oder sich auf dem Weg hierher befindet. Wir müssen Vorkehrungen treffen.“

„So, so“, bemerkte Sumpfhase emotionslos, drängte an Bisamm vorbei und setzte seinen Weg fort.

Der Aufruf zur Versammlung hatte sich in diesen unruhigen Zeiten blitzschnell herumgesprochen. Alle Bisams warteten bereits.

Sumpfhase stieg auf seinen erhöhten Platz und drehte sich um, wobei er die Pfoten zu einer Art Siegerpose hob. „Die Botschaft ist angekommen!", rief er. „Die Minks sind unterwegs zu uns! Die, die jetzt unseren Schutz brauchen und suchen, sollen Schutz bekommen. Ich will noch mal darauf hinweisen, trotz einiger weniger kritischer Meinungen, die es vielleicht unter euch gibt. Die allermeisten unter euch sind meiner Meinung: Wer vor Käfigterror, Verfolgung und Jägern flieht, soll auf der Hallig die Möglichkeit der Aufnahme und des Schutzes haben. Ich finde das wunderbar."

„Außerdem", fiel Hamster auf Sumpfhases Zeichen ein, „die Teichhühner bilden dank unseres Sumpfhase-Asio-Paktes keine Gefahr mehr. Sumpfhase hat da Großartiges geleistet. Wir werden deshalb keine Not mehr an Topinambur und Eiergelegen leiden. Die Kämpfe zwischen Bisamratten und Teichhühnern sind beendet."

Er log. Aber vermutlich sprach Hamster aus gutem Grund lieber von Teichhühnern als von Brandgänsen.

„Sind die Minks nicht gefährlich?", rief jemand, den Bisamm nicht sehen konnte, der Stimme nach war es Kaninchen.

„Die Minks sind auf der Flucht", erläuterte Sumpfhase ihr zugewandt betulich, „verstehst du, Kaninchen? Wer flieht, ist nicht gefährlich, er ist dankbar, der Gefahr entronnen zu sein. Besonders dankbar ist er seinen Rettern gegenüber. Wie wir haben die Minks ihre ursprüngliche Heimat verlassen müssen, und es ist für uns ein christliches Gebot …"

„Was ist das?"

Bisamm wusste es nicht und wahrscheinlich auch sonst keiner. Das Wort musste aus Kiel stammen und war sicherlich eine Verstärkung wie schmackhaft oder lecker.

Sumpfhase betrachtete Kaninchen, nachsichtig schmunzelnd. Ihr Anblick gefiel ihm sichtlich. „Naseweischen", neckte er das Bisammädchen und fuhr dann im Vortragston fort: „… Gebot, ihnen beizustehen. Wir tun das, was wir glauben, was in dieser Stunde unsere Aufgabe ist: nämlich alles, was in unserer Kraft steht, zu versuchen, um dem Blutvergießen in den Käfigen ein Ende zu bereiten."

Als noch jemand die Pfote hob, rief Sumpfhase genervt: „Keine weiteren Fragen mehr!" Er sprang vom Podest und entschwand im nächsten Gang.

Bisamm folgte dem Pulk vieler schweigender Bisamratten, die zur entgegengesetzten Seite unterwegs waren. Nur wenige nahmen die Röhre zum Fething, um draußen aufzutauchen. Auch Bisamm tat es. Er brauchte jetzt Wind um die Nase, der ihn von dem klebrigen Gefühl unsäglicher Dummheit befreien konnte. Die Sippen würden sich nicht gegen Sumpfhase wehren, so viel stand für ihn fest.

Er sprintete ans Ufer und warf sich ins flache Wasser, das gerade ablief. Ranzrattes Boot war fort, und Bisamm meinte, das Geräusch von dem lärmenden Ding über die See schallen zu hören.

Es war genau der richtige Wasserstand, um Herzmuscheln zu speisen. Bisamms Sorgen verschwanden beim appetitlichen Anblick des weißen Fleisches mit einem rosabräunlichen Häkchen dran.

Tade landete in der Nähe auf trockengefallenem Schlick und watschelte heran. „Gibt´s hier Schnecken zu wecken?"

„Nur ihre Herzen." Bisamm mampfte aus Herzenslust und schaute zufrieden auf die Spur von leeren Schalen, die er hinter sich ließ.

Tade watschelte an Bisamms Seite und griff sich ab und zu eine winzige Wattschnecke aus dem Schlick, während er sprach. „Vas happening bei euch?"

„Nicht viel. Unser Sippenboss ist lernresistent. Er wird zur Gefahr."

„All you need is love", schnatterte Tade betulich.

Bisamm spuckte vor Entrüstung eine Muschelschale weit von sich. „Bist du beschnattert? Das ist genau das, was er will!"

„Dann stopft ihm das Maul! Das bockt doch!"

„Gibt zu viele Arschkriecher in beiden Sippen", sagte Bisamm erbittert. „Zwei sind fort, aber es wachsen immer neue nach. In der Hoffnung, in Sumpfhases engsten Kreis aufgenommen zu werden." Die letzte Muschel schmeckte ihm schon nicht mehr, als ihm einfiel, wie erschreckend sich Mäuschen gewandelt hatte, um Zitas Stellung als oberste Bisammutter einzunehmen.

Tade merkte, dass Bisamm keine Lust mehr auf Gesellschaft hatte, und hob ab.

Bisamm kehrte auf die Warf zurück, als die Sonne schon hoch am Himmel stand. Er machte einen kurzen Schlenker zu seinem Topinamburgarten, als er Jorkes Eltern in besorgtem Ton miteinander sprechen hörte. Vorsichtig lugte er um die Hausecke.

„Wo mag sie nur sein?", fragte Frauke. „Sie hat versprochen, mittags zurück zu sein."

„Die paar Minuten! Du wirst noch zur Hubschraubermutter werden, Frauke. Noch dem studierenden Kind morgens die Kleider für die Uni herauslegen, die Butterbrotdose in den Rucksack packen …"

„Ach, hör auf, Thies!"

„Vielleicht unternimmt sie etwas mit dieser neuen Freundin, von der sie gestern sprach", sagte Thies, wieder vernünftig. „Oder sie chillen am Strand. Entschuldige, ich meinte, dösen."

„Es sähe ihr nicht ähnlich – ohne Bescheid zu sagen." Frauke klemmte die bebenden Lippen zusammen.

Bisamm dachte an Zita. Sie hatte sich länger um ihn gekümmert als um die Geschwister. Weil er anders war. Womöglich war auch Jorke anders, selbst wenn er nicht wusste, wie.

„Ich habe eine Idee, Frauke. Ich frage mal im Touristenbüro nach, ob sie herausfinden können, wer die Freundin ist. So viele Familien mit gleichaltrigen Mädchen gibt es auf der Hallig sicher nicht."

Als Bisamm seinen eigenen Bau betrat, war etwas anders. Zitas Geruch fehlte. Er wusste, es hatte keinen Sinn, sie zu suchen. Zita hatte sich zum Sterben zurückgezogen.

Welch ein scheußlicher Tag!

Obwohl er eigentlich müde war, blieb er unruhig, schwamm einige Male durch den Fething und erschreckte versehentlich Gallas Sprösslinge des ersten Wurfs, die hier herumpaddelten, dann kletterte er an Land.

Thies' Rollwagen brummte heran und wurde abgestellt. Frauke eilte an Bisamm vorbei: „Jorke ist immer noch nicht da. Hast du etwas erfahren?"

„Das Büro hatte mir zwei Familien genannt, die in Frage kamen. In der einen kennt man Jorke nicht, aber in einer einheimischen Familie wusste man von Jorke und holte sofort die Tochter. Nettes Mädchen." Thies verstummte.

„Aber?"

„Rieke hatte sich heute für den späten Vormittag mit Jorke am Südstrand verabredet, zum Schwatzen und Chillen, weil es zum Baden nicht der richtige Wasserstand war. Aber Jorke kam nicht. Rieke hat sich dabei nichts gedacht, denn Pläne von Gästen, d.h. der Erwachsenen, pflegen sich häufig zu ändern."

„Was machen wir jetzt?", fragte Frauke beunruhigt.

„Suchen. Am Ufer. Hinter der Schleuse … Bleib du hier für den Fall, dass sie doch kommt. Ich habe mein Handy mit."

Thies rannte los. Frauke und Bisamm blieben ratlos zurück.

Bisamm wanderte weiter. Rastlos begann er nach einiger Zeit, den seeseitigen Eingang seiner Röhre zu verfeinern. Hinter sich hörte er plötzlich das Schnaufen eines rennenden Zweibeiners. Thies, der vom Strand zurückkam. Allein.

Lustlos hörte Bisamm auf zu buddeln und setzte seine ungezielte Wanderung um die Warf fort. Dabei fiel ihm der Sood ein und Ranzrattes Seifeneimer. Vielleicht hatte der Stinker Erfolg gehabt, und es roch wenigstens dort nicht mehr.

Der Gestank war tatsächlich fort. Aber die Seife hatte Geräusche hinterlassen. Sie schabte und kratzte. Dann hörte Bisamm einen schwachen Ruf um Hilfe. Von wegen Seife! Jorke!

In seinem schnellsten Wandergalopp über den Rasen, durch die sperrige Hecke und zur offenen Tür des roten Hauses hinein. Im letzten Raum, in den er hineinschoss, saßen Thies und Frauke.

Bisamm schlitterte auf seinen Krallen bis ans Ende des Raums, wo er an die Wand prallte. Noch bevor er seine Benommenheit abgeschüttelt hatte, hörte er Frauke: „Biberchen …"

„Seltsam …", hob Thies an.

Frauke sprang auf. „Nicht seltsam! Das ist Jorkes Biberchen. Er will uns was zeigen!"

Auf allen Vieren auf Fliesen rutschend, sauste Bisamm wieder hinaus, gefolgt von Frauke.

Sie verstand auch ohne weitere Hinweise, dass sie den Deckel heben sollte, als Bisamm vor dem Sood stehenblieb.

„Mams?", hörten sie leise.

„Thies, Thies, bring ein Seil!", schrie Frauke aufgeregt.

Einen Augenblick später war Thies da. Er band das Tau an einem Baum fest und ließ sich hinunter in den Sood. Das lange Ende gab er Frauke in die Hand. „Zieh!", bellte er. Augenblicke später tauchte er mit Jorke im Arm wieder auf.

Thies legte sie vorsichtig ins Gras. Bisamm hoppelte heran und schnupperte an ihrem Gesicht. Sie atmete.

„Biberchen, du bist auch da?", flüsterte Jorke.

„Er hat dich gerettet", staunte Frauke. „Die Hallig ist wirklich noch eine heile Welt."

Jorke erholte sich. Sie setzte sich auf und nahm Bisamm auf den Schoß. Ihm war es etwas peinlich, aber er wehrte sich nicht. Nicht nur Jungbisams hatten Zuspruch nötig, auch fast ertränkte Kinder.

„Wie bist du eigentlich in den Schacht geraten, Jorke?", fragte Thies nüchtern.

„Paps, du hattest mir gesagt, dass im Sood eine tote Ratte liegen müsste. Aber es stank immer mehr, und da wollte ich mal nachsehen. Als ich den Deckel geöffnet hatte, war der Gestank aber weg."

„Und du hast dich vorgebeugt, um besser sehen zu können, und hast das Übergewicht gekriegt …", setzte Thies kopfschüttelnd fort.

„So war es eigentlich nicht", widersprach Jorke und fühlte dann an ihrem Hinterkopf. „Da ist eine Beule, aber ich weiß nicht, wie ich sie mir zugezogen habe."

Frauke sprang auf, fächerte Jorkes Haare auseinander und untersuchte ihren Hinterkopf. „Eine ganz ordentliche Beule sogar, nicht viel, und die Kopfhaut wäre aufgeplatzt. Hast du vielleicht einen Schlag auf den Kopf bekommen?"

„Frauke, erfinde doch keinen Halligkrimi!"

„Ich weiß es nicht", antwortete Jorke unglücklich und kraulte Bisamm am Bauch so energisch, dass er aufquiekte. „Oh, tut mir leid, Biberchen."

„Und wieso bist du gar nicht nass?", wollte Frauke wissen. „Das ist doch ein alter Sood, in den immer noch Regenwasser fließt. Vermute ich."

„Ich habe auf herauskragenden Ziegelsteinen gestanden."

„Ich auch", bestätigte Thies.

„Eine schlüssige Erklärung ist das alles nicht", befand Frauke und wollte Jorke hochstützen. Bisamm sprang von Jorkes Schoß und machte sich auf den Weg in seinen Bau. Schon in der Hecke, hörte er noch Thies etwas sagen.

„Ich blase jetzt den Alarm ab. Die ganze Hallig war alarmiert worden wegen eines vermissten Kindes. Ich glaube, überall haben sie nach Jorke Ausschau gehalten."

Aber da war noch Ranzratte. Keiner außer Bisamm wusste, dass dieser Zweibeiner sich einige Male am Sood zu schaffen gemacht hatte und dann abgefahren war, während Jorke schon verschwunden war. Und was hatte das alles mit Seife zu tun?

Die Probleme der Zweibeiner waren noch schwieriger zu bewältigen als ihre eigenen.

„Jorke, ganz ernsthaft. Du bekommst doch nicht Übergewicht, fällst kopfüber in den Sood und landest stehend auf den Steinen. Das ist physikalisch nicht möglich", beharrte Thies, als er vom Telefon zurückgekehrt war.

„Ich weiß, Paps, ich kann es mir ja auch nicht erklären."

„Hast du jemanden verärgert, der dir einen kleinen Denkzettel verpassen wollte? Den Besitzer von Hannibal, zum Beispiel?"

„Diesen Motzkeks? Nein!" Jorke lachte. „Mit Hirnblinden lege ich mich doch nicht an."

„Jorke, Jorke." Frauke tadelte, aber nur ganz leise.

„Und dann eine dicke Maus, die Bescheid sagt. Handelt es sich vielleicht um einen zahmen Bisam – ausgebrochen irgendwo?"

Frauke schüttelte den Kopf. „Thies, Ich glaube, man kann diese Mäuse nicht zähmen …"

„Aber da Biberchen mich gerettet hat, wie ihr selbst sagt, ist er alles andere als eine ängstliche kleine Maus!", widersprach Jorke energisch. „Und auch keine dicke Maus. Wenn schon, dann stattlich."

Frauke blickte Thies strafend an. „Da hat sie recht. Für uns ist er ein beherzter junger Biber."

„Ach, Mams", sagte Jorke. „Ich weiß doch, dass er kein Biber ist. Bisamratten haben Hochkantschwänze. Aber er freut sich so darüber, ein Biberchen zu sein und keine Maus."

Die Klöntür wurde aufgeschoben. „Jemand da?"

„Komm in die Küche, Lewe", antwortete Frauke.

Der Bürgermeister kam und setzte sich. „Moin. Was ist eigentlich mit Jorke passiert? Es herrscht großes Rätselraten auf der Hallig. Wir waren drauf und dran, die Feuerwehr zu alarmieren."

„So richtig wissen wir es auch nicht“, antwortete Thies mit einem Blick auf Jorke. „Sie stand im Sood auf den auskragenden Ziegelsteinen, und der Deckel des Soods war zu.“

„Hat jemand Ärger gemacht wegen des Streits um Frettchen, Bisamratten und so weiter?“, forschte Lewe.

„Das kann eigentlich nicht sein. Wir müssen einen seltsamen Unfall annehmen. Jorke hat eine Beule auf dem Kopf, die vom Aufprall an der Wand herrührt.“

„Man kann nur auf Jorkes Unkenntnis schließen.“

„Mams, ich bin doch nicht voll gelähmt“, protestierte Jorke empört.

„Sagen wir mal so: etwas zu wagemutig“, milderte Thies ab.

„Ja, ja, ich weiß schon! Bereits im Kinderknast wolltet ihr mir nicht glauben, wie langweilig der war.“

„Kindergarten“, erklärte Frauke Lewe.

„Da war doch das Dach die reine Abwechslung“, rechtfertigte sich Jorke, „nur, damit ich nicht völlig durchdrehte.“

„Würde ich dir gerne glauben, wenn nicht die Feuerwehr dich hätte runterholen müssen.“

Jorke schwieg erbittert.

„Gut, einigen wir uns auf Unfall. Es ist ja auch nichts weiter passiert.“ Lewe stand auf, klopfte Jorke ermunternd auf die Schulter und verließ das Haus.

22. Verrat

Einen Tag später betrat Bisamm den Bau, um Sumpfhases vier Jungen abzuholen. Aber von ihnen war nichts zu sehen. Bevor er auch nur in die Nähe der Mutterburg kam, hörte er bereits einen Streit, der von beiden Seiten erbittert geführt wurde. Mäuschen und Häsin.

„Glaube nur nicht, dass du in dieses Nest einziehen darfst!“, fauchte Mäuschen. „Weder mit mir, noch ohne mich!“

„Man könnte sich arrangieren. Eine Nestgemeinschaft bilden“, schlug Häsin vor. „Sumpfhase hat mich schon gefragt. Er sagt, dass er sich stark genug fühlt, es mit uns beiden aufzunehmen. Und vier Nestlinge in einem Wurf sind ein bisschen wenig, findest du nicht? Und wieder einer, der fast weiß ist!“

„Ich bin jederzeit bereit für einen neuen Wurf“, sagte Mäuschen stolz. „Ich brauche mir keine Hilfe zu holen. Und du bist ja wohl schon zu alt.“

„Das sieht Sumpfhase anders.“

„Ich habe schon gemerkt, dass du angefangen hast, ihm schön zu tun“, giftete Mäuschen. „Du hältst dich wohl für schlau genug, dir den Sippenführer unter die Klauen zu reißen! Nimm dir doch einen der Jungen, die nicht auch nur ein einziges graues Haar im Fell haben.“

„Fff“, gab Häsin von sich. „Schlauer als du bin ich allemal. Es spricht sich schon rum, dass du Sumpfhase Befehle erteilst. Das würde ich nie machen! Und es wundert mich, dass du wagst, Sumpfhases Fell grau zu nennen. Das sind eingesprenkelte weiße Haare, was sehr schick aussieht. Dezenter als die weißen Flecken seiner Söhne! Die hast wohl du in die Familie gebracht."

Bisamm hörte Krallen auf dem hartgetrampelten Boden. Häsin hatte den Streit beendet und rauschte jetzt aus der Mutterburg hinaus. So leise wie möglich huschte er selbst ins Freie, um nicht mit ihr Krach heraufzubeschwören. Häsin benutzte einen anderen Gang.

Bisamm kam gerade rechtzeitig auf den Ringdeich, um jemanden schreien zu hören: „Sumpfhase-Asio-Pakt! Sumpfhase-Asio-Pakt!"

Er rannte auf die Außenseite der Warf. In der Nähe des Eingangs zu Sumpfhases altem Erdbau hockte wie erstarrt Kaninchen und fixierte nach ihrem Hilferuf Asio, der lautlos über ihr rüttelte. Oder wollte er auf Sumpfhases weißen Sohn an der anderen Seite des Eingangs hinunterstoßen?

„Rennt!", gellte Bisamm. „Ralle! Galla! Zu Hilfe!"

Asio war schneller als Bisamm. Er schlug seine Krallen in Kaninchens Rücken, flatterte mit ihr in den Fängen einen Augenblick schwerfällig dicht über dem Boden, gewann dann an Höhe und verschwand mit ihr.

Bisamm aber packte Albi am Nackenfell und zerrte ihn in die Röhre. Es konnte ja sein, dass Kaninchen trotz allem zu schwer für Asio war. Dann würde er zurückkommen und sich Albi greifen.

„Junge!", schnaufte Bisamm, als sie in Sicherheit waren, „kühn ist gut, tollkühn kann tödlich sein. Warum bist du nicht in den Gang geflitzt? Der Eingang war direkt neben dir!"

„Das war doch Asio, Vater Sumpfhases Verbündeter", schluchzte Albi verstört. „Und ich bin sein Sohn. Außerdem hat er selber gesagt, dass man nur den Pakt ausrufen muss, damit Asio den Irrtum erkennt."

„Der Pakt ist Asio völlig egal. Er sieht nur eine kleine Maus, die ihm schmecken wird. Dein Glück war allein, dass sich eine größere Maus in der Nähe befand, die er tragen konnte."

„Armes Kaninchen! Sie war immer nett zu uns Jungen."

Sie war nett gewesen. So gehörte es sich eigentlich. Andererseits hatte Sumpfhase bereits ein Auge auf sie geworfen. Vielleicht hatte Kaninchen sich Hoffnungen auf ihn gemacht. Und trotzdem hatte er auch mit Häsin angebandelt. Jetzt musste er sich zwischen den beiden nicht mehr entscheiden. Voller Sorge dachte Bisamm daran, dass man den beiden Sippen die Wirkungslosigkeit dieses Rufs, um nicht zu sagen, seine Unsinnigkeit, nun erklären musste. Vor allem aber Sumpfhase.

Wenig später suchte Sumpfhase nach Bisamm. „Du kannst … äh, mitkommen", murmelte er. „Es ist eine neue Versammlung anberaumt worden. Albi wäre fast umgekommen."

„Ich weiß", sagte Bisamm verärgert. „Aber du selber hast mich aus der Burg gejagt. Ich habe sie nur betreten, wenn es absolut notwendig war. Eine Versammlung ist es nicht."

„Die Teilnahme an einer Versammlung, die ich ansetze, ist immer notwendig!", entgegnete Sumpfhase scharf, um dann seinen Ton abzumildern. „Deine Strafe ist beendet."

Da Bisamm fand, dass eine Diskussion über Rauswurf oder Strafe müßig wäre, folgte er Sumpfhase missgestimmt.

Sumpfhase ging langsam. Schließlich blieb er stehen und wandte sich zu Bisamm um. „Ich habe Asio schon um Entschuldigung gebeten, dass Zibeth unvorsichtigerweise seinen Weg gekreuzt hat, so dass es zu dieser Verwechslung mit dem Teichhuhn gekommen ist."

„Und?" Bisamm blieb reserviert. Er fand nicht, dass das Opfer oder dessen lebender Vertreter sich entschuldigen sollte.

„Jetzt trage ich mich mit der Frage, ob ich Asio selbst um die Schlichtung unseres Streits wegen des Sumpfhase-Asio-Pakts bitten sollte."

„Streiten wir denn darum? Das wäre mir neu." Es hatte sich seines Wissens keiner dagegen gewehrt, überlegte Bisamm. Er fragte sich auch, wie viele geheime Gespräche Sumpfhase eigentlich mit Asio führte.

„Der Streit hat in dem Augenblick begonnen, als du Albi gesagt hast, dass Asio der Pakt gleichgültig ist. Albi erzählt es schon überall herum. Er ist noch ganz aufgeregt. Wozu rätst du?"

„Ich halte es prinzipiell nicht für zweckmäßig, den Feind entscheiden zu lassen, ob und wen von uns er fressen will."

„Eine Diskussion darüber würde unseren guten Willen beweisen. Bei gutem Willen kann man gute Wege finden. Wir müssen in Vorleistung treten. Das ist meine Meinung. Jetzt lass uns hineingehen."

Hamster hüpfte hastig und wie ertappt von Sumpfhases erhöhtem Platz herunter, als Sumpfhase und Bisamm die Höhle betraten, und tat so, als hätte er lediglich das Gras geglättet.

Ohne lange Vorbereitungen und auch ohne Hamster zu beachten, begann Sumpfhase seine Ansprache. „Wir müssen leider über einen neuen Unfall sprechen, in dem beinahe auch mein Sohn Albi zu Tode gekommen wäre."

„Ist er aber nicht."

Bisamm drehte sich unauffällig um, konnte den aufmüpfigen Sprecher aus den hinteren Reihen aber nicht ausfindig machen. Hamster war es nicht, der stand neben der Plattform.

Sumpfhase kümmerte sich um den Zwischenruf ohnehin nicht. „Wir trauern um Kaninchen. Kaninchen war sehr zierlich, fast wie eine gut genährte Feldmaus. Man kann Asio nicht die alleinige Schuld für ihren Tod geben. Man mag es bedauern, aber es ist so."

„Die wehrhaften Teichhühner Galla und Ralle waren nicht da", warf Bisamm dazwischen. „Es gab einmal eine Zeit, da hätten sie Kaninchen gegen Asio geschützt …"

Sumpfhase beachtete Bisamms Einwurf, der wie ein Tadel daherkam, nicht.

Hamster schoss urplötzlich wie ein platzender Bovist nach oben auf das Graspolster und postierte sich neben Sumpfhase. „Kaninchen trägt jedenfalls nicht die Schuld an ihrem Tod.

Sie hat ja sogar den Pakt ausgerufen, wie Sumpfhase uns befohlen hat. Nein, ich habe einen ganz anderen Verdacht."

Wieder einmal ging ein Raunen durch die Bisamreihen. Hamster hatte anscheinend keinem anvertraut, was er vor hatte.

„Kaninchen mag naiv gewesen sein, aber das gibt niemandem das Recht zu behaupten, sie sei an ihrem Tod mitschuldig. Ich denke eher, sie ist tot, weil sie sehr neugierig war und zu viel geplaudert hat. Als Sumpfhase bestritt, dass Asio Zibeth getötet hätte, war sie diejenige, die auf Sumpfhases Kenntnis davon hinwies. Ich würde mich nicht wundern, wenn sie noch mehr gehört hätte, was für gewisse andere sehr unangenehm sein könnte ..."

„Was soll das heißen?", brauste Sumpfhase auf.

„Vielleicht kannte sie ja noch andere heimliche Abmachungen – Pakte ganz anderer Art als dieser nutzlose, dessen Opfer sie wurde."

Genau das befürchtete Bisamm auch. Aber dass Hamster sich plötzlich gegen Sumpfhase stellte, war neu. Er schien sich zum Anführer derjenigen machen zu wollen, denen Sumpfhase nicht gefiel.

Sumpfhases Schnäuzchen schien plötzlich grauer zu werden und die Schnurrhaare hingen herab. Er hielt sich aufrecht, aber es kostete ihn sichtlich Kraft. „Ich werde auf Hamsters unsinnigen Verdacht nicht eingehen. Er ist nichts als Eifersucht, nutzlos und führt zu nichts. Stattdessen möchte ich euch noch etwas Erfreuliches mitteilen: Wir haben einen neuen Weg: die Hasengrube."

Häsin richtete sich auf und blickte Beifall heischend um sich. Davon nahm kaum jemand Notiz, und es folgte nur müdes Schwanzklopfen.

Sumpfhase straffte sich wieder und sprach hastig weiter, um Hamster keine Gelegenheit zum Zwischenruf zu bieten. „Dann habe ich noch etwas auf dem Herzen. Ich habe gemerkt, dass unsere Einladung an die Minks einigen zu schnell gegangen ist. Sie mögen Angst haben, aber das ist völlig unnötig, wie ich versichern kann. Minks werden uns in unseren Gängen, zum Beispiel, nicht belästigen, sie leben gern unter dicken Baumwurzeln und unter großen Steinen. An Essen wird es ihnen auch nicht fehlen."

Baumwurzeln und Steine kamen auf der Hallig nicht vor. Aber Bisamm mischte sich nicht ein.

„Die Minks müssen ja nicht ganz so schnell zu uns kommen. Es gibt", fuhr Sumpfhase fort, „für sie genügend Stellen für Koloniebau und Übernachtungsmöglichkeiten an der Eider. Wir müssen die Nerze dort abholen, wo sie sind. Auf jeden Fall werden wir mit ihnen gemeinsam zu einer Lösung kommen."

„Wieso auch noch abholen?", maulte jemand.

„Das sind ja jetzt ganz andere Töne als bisher!", rief Hamster empört. „Die Minks sind bereits auf dem Weg hierher, nichts wird sie aufhalten, weil du sie ja eingeladen hast. Ich habe deswegen einen Plan ausgearbeitet, wie wir ihnen und uns gerecht werden können. Der Plan heißt: Fördern und Fordern. Das Fördern besteht darin, dass wir den Minks die schmackhaftesten Pflanzen und Wurzeln an ausgewählten Stellen zeigen. Wenn sie die erst mal kennengelernt haben, werden sie sie lieben und auf Fleischkost verzichten. Ich bin auch dafür, dass wir selbst konsequent Eier meiden. Das ist das Fordern."

„Wen meinst du jetzt mit dem Fordern?", hörte Bisamm die erstaunte Stimme von Mosca. „Gilt das Fördern den Minks – das Fordern uns? Abgesehen davon, dass die Wenigsten von uns Eier klauen. Ich weiß nur von Sumpfhase und dir."

Hamster schwieg, die Sumpfhasengeste vor der Brust.

„Minks sollen verfressen sein! Uns fehlen dann plötzlich Äpfel, Topinambur und Schilfwurzeln!" Dieses Mal der Widerspruch direkt neben Bisamm. Häsin.

Hamster hatte sie gesehen. „Wir müssen teilen lernen, Häsin. Auch du."

Bisamm hörte Häsins widerspenstiges Gemurmel.

„Wenn ich eine fette Fliege finde, will ich sie auch essen. Und bist du selbst bereit zu teilen, Hamster?“, rief sie lauter. „Ich hoffe, doch. Dann verstopfst du wenigstens nicht mehr als Walze die Gänge.“

Es folgte ein unterdrücktes Lachen aus vielen Ecken. Hamster spähte wild um sich, ohne fündig zu werden.

Häsin war noch nicht fertig. Sie nahm Kampfpose ein und fragte drohend: „Hamster?“

„Ja?“

„Planst du möglicherweise eine neue Burg für dich allein? Irgendwo, wo Minks nicht hinkommen? Man munkelt so etwas. Entweder die Nachfolge von Sumpfhase in dieser Burg oder ein neues Leben in einer anderen Gegend. Vielleicht möchtest du ja auch den Gerüchten entgehen, die über dich im Umlauf sind. Du weißt schon: Dunenkükenbeine, die ganze Hallig lacht …“

Der Tumult war ohrenbetäubend. Gebissrattern und Stimmen übertönten einander.

„Es hat nichts mit den Minks zu tun“, verteidigte sich Hamster, als wieder Ruhe eingekehrt war. Es war jetzt sogar mucksmäuschenstill, weil jeder wissen wollte, wer von den beiden log.

„Sondern?“

„Es wird hier so voll“, sagte Hamster glatt. „Wenn jetzt neben Mäuschen auch noch Häsin in die Mutterburg einzieht, wird es hier bald von Jungbisams wimmeln. Ich grabe mir einen Erdbau am …“ Den Rest verschluckte er.

„Wieso das denn?“, kreischte Mäuschen. „Ich habe keine Absicht, mit ihr eine Nestgemeinschaft zu führen!“

Sumpfhases Antwort verpasste Bisamm. Er fragte sich, ob Hamster ehrlich war. Zita hatte immer von den Minks erzählt, deren Lieblingsspeise Bisams waren. Und er wusste genau, dass auch Hamster zugehört hatte. Außerdem: Was machte es schon aus, wo die Bisams auf der Hallig lebten? Wenn sie erstmal hier waren, bevölkerten die Nerze die ganze Hallig. Und Fressfeinde waren Fressfeinde.

„Stimmt es, dass du mich grau genannt hast, Mäuschen?“, fuhr Sumpfhase im strengen Verhörton fort.

„Einzelne Haare nur, und ich habe auch gesagt, dass sie sehr schick aussehen“, verteidigte sich Mäuschen.

„Das habe ich gesagt“, kreischte Häsin. „Sumpfhase ist ein erfahrener Sippenboss, und die wenigen grauen Haare sind aus Sorge um uns alle entstanden.“

„Ich glaube, du verlässt die Burg zusammen mit Hamster, Mäuschen. Er hat kein einziges graues Haar“, erwiderte Sumpfhase und wandte sich ab. Von seiner Seite war das Gespräch beendet.

Die Bisams strebten in alle Richtungen, die meisten unsicher, was sie von den einwandernden Nerzen halten sollten, andere, die von Zita ordentlich und umfassend erzogen worden waren, wussten von der Gefahr, die von ihnen ausging.

Bisamm lud Mäuschen, die wie versteinert auf dem Boden hockte, ein, vorläufig in seinem Bau zu wohnen. Irgendwann in nächster Zeit war die Idylle auf der Hallig sowieso für alle zu Ende, da war er sich sicher. Hamster, der Sumpfhase verraten hatte, musste sehen, wo er in Zukunft blieb.

23. Welcome für Nerze

Ralle saß wieder im Nest. Bisamm freute sich. Endlich mal wieder jemand, mit dem er sich vernünftig unterhalten konnte.

„Eydu! Waslos ey?“, krähte Ralle vergnügt.

„Nicht besonders gut“, antwortete Bisamm betrübt. „Galla und Chloropus auch in der Nähe?“

Ralle schüttelte sich bis in die Schwanzfedern. „Nein, und die kommen auch nicht mehr. Sie sind umgezogen an den Leuchtturm. Sie haben sich schon ein behagliches Nest in einem versumpfenden Teich daneben eingerichtet. Weiss wie isch mein?“

„Ja. Und warum?“

„Sie haben gehört, dass ihr Bisams das ganze Jahr über gejagt werden dürft. Das ist ihnen zu gefährlich. Vielleicht verwechseln nicht nur die Eulen, sondern auch die Jäger Teichhühner und Bisamratten.“

„Ja“, gab Bisamm beklommen zu. Entkräften konnte er diese Furcht nicht. „Hier zu wohnen wird sowieso immer schlimmer. Für alle. Jetzt suchen die Zweibeiner mit allem Nachdruck einen Eierdieb, der in den Vogelnestern räubert. Jorke gockelt wahrscheinlich in ihrem Zimmer danach.“

Ralle riss die Augen erstaunt auf. „Warum gockelt sie? Du willst damit nicht sagen, dass sie mich sucht, oder?“

„Auf keinen Fall! Du klaust doch keine Eier. Sie hofft vielleicht, Asio wird sich bei ihr melden und alles zugeben.“

„Asio?“ Ralle gackerte schrill. „Der gibt überhaupt nichts zu, ich schwör.“

„Er ist es ja auch nicht. Könntest du nicht mal einen Rundflug machen und Ausschau halten nach dem Eierdieb“, bat Bisamm. „Er hat vier Beine und ein weißes Fell. Mehr weiß ich nicht. Und ich bin´s nicht.“

„Na, das ist ja izi“, sagte Ralle und flatterte los.

Bisamm wollte gerade zurück in den Bau, wo Albi schon auf ihn wartete, als Jorke angerannt kam. Er kehrte um, als sie sich ins Gras neben dem Eingang sinken ließ.

„Stell dir vor, Biberchen“, schnaufte sie, „sie wollen alle aus mir herauspressen, warum ich in den Sood gefallen bin. Aber ich will das nicht beantworten. Ich vermute ja, dass mir Ranzratte einen Knüppel über den Schädel gezogen hat. Aber mein Schädel ist hart, ich war nicht ganz betäubt und konnte mich oberhalb dieser ekligen Brühe festhalten.“

Seife war nach Chloropus‘ Schilderung eigentlich nicht eklig. Wenn doch, warum wollte Jorke den Vorfall verschweigen? Es blieb rätselhaft.

„Ich krieg es noch raus, warum er das macht“, fuhr Jorke fort. „Vielleicht ist er einfach nur gestört, ohne dass man es erklären kann. Auf jeden Fall musst du mich holen kommen, wenn er wieder auftaucht, ja? Außerdem solltest du auf dich selber aufpassen. Er hat wegen dir so komische Fragen gestellt, als wir von der Rixwarf nach Hause tuckerten. Ich glaube, er kann dich nicht leiden.“

Eh er sich‘s versah, zog Jorke Bisamm auf ihren Schoß und begann ihn zu streicheln. Albi steckte sein Schnäuzchen aus der Röhre, sprang Bisamm hinterher und warf sich sofort auf den Rücken. „Ein Mausbiber“, flüsterte Jorke entzückt und kraulte Albi den Bauch.

„Überfordere Jorke nicht“, sagte Bisamm leise.

„Du hast mir selbst erzählt, dass sie lieb ist …“, murmelte Albi und aalte sich vor Vergnügen.

Das stimmte. Aber Albi war noch so gutgläubig. Vielleicht war er, Bisamm, selbst früher auch so gewesen. Jedenfalls gab

Jorke Albi, was er vermutlich bei dem hartherzigen Mäuschen vermisst hatte.

„Biberchen und Mausbiberchen, ich muss jetzt gehen", verkündete Jorke nach einiger Zeit bedauernd. „In ein paar Tagen reisen wir ab, und da habe ich noch viel zu tun." Sie setzte beide behutsam im Gras ab und lief wieder davon.

Nachmittags kam der Jäger mit einem Drahtgestell in der Hand auf die Warf und betrat Fraukes Garten. Sie, Thies und Jorke tranken gerade Kaffee beziehungsweise Saft und aßen Erdbeerkuchen.

Bisamm folgte in weitem Abstand dem schrecklichen Gestank, der dem Drahtgestell entströmte, und kauerte sich in die dichte Hecke.

„Wir haben es", rief der Besucher frohlockend und hielt das unbekannte Ding in die Höhe.

„Kommen Sie, Herr Federrupf, setzen Sie sich zu uns", lud Frauke ihn ein. „Kaffee?"

„Ja, gerne." Der Mann stellte das Gestell neben sich. „Wir haben das weiße Frettchen in der Nähe der Mayenswarf tatsächlich gefangen, und es ist schon unterwegs zu seiner Besitzerin."

„Doch nicht etwa per Post?", fragte Frauke entsetzt. „Das fällt unter Tierquälerei."

„Nein, wir haben jemanden gefunden, der es mit dem Auto im Käfig mitnimmt und zuverlässig abliefert. Alles in Ordnung."

„Und was ist das?", fragte Jorke mit einem misstrauischen Blick auf das Gestell.

„Das ist die Lebendfalle. Ich wollte sie euch nur mal zeigen."

Deswegen stank sie so. Das Frettchen hatte vor Angst natürlich gepfützelt. Dabei war es aber besser weggekommen als Ondat im Holzkasten. Bisamm wich zurück. Jetzt wusste er ja Bescheid.

Kurze Zeit später kam Ralle zurück. Nun hatte er zwar den weiten Weg vergeblich gemacht, aber er war ja unternehmungslustig, so dass Bisamm sich darüber keine Gedanken zu machen brauchte.

Ralle war noch aufgeregt. „Das ging ja rubbeldiekatz, so schnell hat der die Nester leergefegt! Die Altvögel haben aus voller Kehle gepiepst, aber damit konnten sie ihn nicht erschrecken. Schließlich haben sie sich selbst in Sicherheit gebracht. In zwei Nestern lagen blutige Reste von Vögeln."

Bisamm überlegte. Irgendwie passten die Informationen nicht zusammen. „Sie haben ihn aber schon gefangen …"

„Das muss jemand anders gewesen sein. Ich habe den Täter beim Ausschlecken eines Eies gesehen. Braun wie Torf und an der Brust ein weißer Klecks."

„Nicht weiß, so wie ich?", fragte Bisamm, noch hoffnungsvoll.

„Ich bin doch keine dille Tante! Ich weiß, was weiß und was braun ist!"

„Ja, natürlich", sagte Bisamm. Leider war klar, was dies bedeutete. Der erste Nerz war da. Die Gerüchte waren jetzt Wirklichkeit.

„Es hat keinen Sinn, den Kopf in den Sand zu stecken!", rief Bisamm jedem zu, an dem er sich im Bau eilig vorbeischlängeln musste. „Wir müssen beraten. Alle miteinander!"

Ein großer Teil der Bisams wartete bereits in der großen Gemeinschaftshöhle, als Bisamm seine Benachrichtigungsrunde durch beide Baue beendet hatte. Häsin hatte sich geweigert zu kommen, und Sumpfhase war nicht aufzufinden.

Hamster stand schon bereit, wie früher neben Sumpfhase, um Bisamm auf die Plattform zu winken. Aber vorher krallte er sich derart in Bisamms Fell, dass Bisamm begriff, dass Hamster ihm etwas zu sagen hatte. „Sei vorsichtig, wenn du in der Dämmerung unterwegs bist", flüsterte er. „Ich glaube, dass Sumpfhase dich an Asio freigegeben hat. Genau wie Kaninchen.“

Bisamm war wegen Kaninchen derart erschüttert, dass Hamster ihm freundschaftlich auf die Plattform hochhelfen musste, die er eigentlich gar nicht hatte betreten wollen. Aber es stimmte schon, dass man ihn von dort aus besser hören konnte.

Als alle aufgeregten Stimmen verstummt waren, begann Bisamm. „Wir wissen jetzt sicher, dass der erste Mink auf der Hallig angekommen ist. Er räubert bereits in der Nähe des Damms, er wurde dabei beobachtet.“

„Von wem?“ Mosca fragte.

Natürlich nicht in böser Absicht. Bisamm blieb ruhig. Es war jedermanns Recht zu erfahren, wie sicher die Botschaft war. „Ich habe Ralle Teichhahn gebeten, einen Rundflug über die Hallig zu machen. Er hat den Mink entdeckt, als der mehrere Vogelnester ausplünderte. Zwei Altvögel hatte er schon getötet.“

„Huu“, machten die meisten erschrocken.

„Die nächsten Minks werden bald auch da sein“, prophezeite Bisamm. „Mutter Zita hat erzählt, dass Minks eine Menge Junge haben, die alle bis zum Herbst nach ihrer Geburt bei den Müttern bleiben. Wenn also jetzt in der warmen Jahreszeit eine Nerzmutter einwandert, bringt sie bis zu zehn Junge mit, die alle über Sommer das Töten von ihr lernen werden.“

Plötzlich erscholl Sumpfhases Stimme: „Du bist ein Abweichler, Bisamm. Ein Verräter an dem Frieden, den ich zwischen den Minks und uns stiften will! Damit beide Völker endlich miteinander leben können!“

Lautes Schwanzklopfen ertönte aus dem Pulk seiner Anhänger, die Sumpfhase mitgebracht hatte.

„Die Völker sind zu unterschiedlich, Sumpfhase“, erwiderte Bisamm kühl. „Sie können nicht friedlich miteinander leben. Die Minks sind stärker als wir, und du bereitest eine Herrschaft des Unrechts vor.“

„Sumpfhase, hast du denn einen Plan, wie wir vorgehen sollen, solange die Nerze noch nicht gelernt haben, unsere Freunde zu sein?“, rief Mosca laut und widerspenstig.

„Einen Plan? Habe ich keinen.“

„Und du, Bisamm?“

„Ja, ich habe einen.“ Bisamm seufzte, todtraurig. „Wir sind dem Volk der Nerze unterlegen. Wer seinen Lebensunterhalt durch Krieg gegen andere bestreitet, die er blutrünstig tötet, um sie zu fressen, gewinnt grundsätzlich gegen friedliche Körneresser wie uns. Unsere Krallen sind vor allem Grabwerkzeuge. Für den Krieg sind wir nicht ausgerüstet.“

„Was also sollen wir tun?“, fragte Mosca als Sprecher für die beklommen wirkende Schar.

„Wir müssen wieder auf das Festland zurückwandern. Sobald alle Jungbisams wanderfähig sind, also im Herbst. Dort suchen wir uns eine nerzfreie Gegend.“

„Du stehst doch so gut mit den Zweibeinern“, spottete Sumpfhase. „Lass dir doch von denen helfen, wenn du die Minks so unleidlich findest …“

„Die Zweibeiner werden uns nicht helfen, weil sie uns hier nicht dulden können“, gab Bisamm zu. „Die Gänge, die wir graben, sind für ihre Warfen gefährlich, ihre eigenen Wohnburgen also.“

„Ha!“, schrie Sumpfhase jubelnd und sprang auf die Plattform, wobei er den unvorbereiteten Bisamm hinunterstieß. „Welch düstere Zukunft er euch vorhersagt! Glaubt ihm nicht! Ein Weißer! Einer, der noch nie richtig zu uns Braunen und Schwarzen gehörte.“

Viele Stimmen für und gegen die unterschiedlichen Meinungen vereinigten sich zu einem beträchtlichen Lärm, den Sumpfhase erst nach einiger Zeit niederschlagen konnte, um dann weiter das Wort zu führen.

„Ich dagegen habe mir ein kleines Gedicht ausgedacht, das euch ermutigen soll. Hört zu:

Nerze gehören zur Hallig.
Nerze gehören zu Bisams.
Bisam ist Fleisch.
Nerz ist Fleisch.
Nerz isst Bisam.

Ihr seht: Nerze und Bisams sind gleich. Wir sind ein atmender Personalkörper. Wir alle werden geboren, leben, essen und sterben. Das können wir auch, ohne Feindschaft gegeneinander zu hegen."

Jubel brach sich Bahn. Die Bisams und Bisaminnen klopften und trampelten, dass der Boden unter ihnen dröhnte.

„Wir wollen ihnen entgegenlaufen", schrien die jungen Bisams wie aus einer Kehle. „Wir bringen ihnen zum Willkomm Baumrinde und Teichrosen!"

„Das ist eine schöne Geste", lobte Sumpfhase.

Eine Gruppe jüngerer Bisams machte sich sogleich auf den Weg.

„Wo gibt es denn hier Teichrosen?", fragte einer den erfahrenen Bisamm.

„Es gibt keine", antwortete er.

„Das glaub ich nicht! Ich finde schon welche", rief der Kleine und fegte den anderen hinterher.

„Am besten verziehst du dich", raunte Häsin Bisamm gehässig zu. „Du siehst, du bist hier nicht erwünscht."

„Habe ich ihm auch schon sagen wollen", grantelte Hamster und drängte mit seinem dicken Leib die große Menge vor sich her, hinaus aus der Burg.

Wenige, hauptsächlich ältere Bisams, blieben mit Bisamm zurück, Albi war der Jüngste. Als sie auf dem Warfabhang standen, sahen sie im Dämmerlicht der Kolonne von Bisamratten hinterher, die am Lorenbahnhof die Neuankömmlinge begrüßen wollten. Als Letzter wackelte Hamster hinterher.

Nur Sumpfhase und Häsin standen abseits ebenfalls auf dem Ringdeich und flüsterten miteinander.

24. Mordanschlag auf Bisamm

Nicht alle, die ausgezogen waren, kamen zurück, sie hatten sich wohl verirrt, wie man annahm. Bisamm beteiligte sich an den Vermutungen nicht, er hatte seine Meinung kundgetan. Er war jetzt meistens in seinem eigenen Bau, wo Mäuschen mit der Welt haderte und kaum ansprechbar war.

Eines frühen Morgens, als er zusammen mit Albi und Tade zum Fooden im Wasser war, hörte Bisamm das Geräusch eines Motors. Es schreckte ihn auf, und er schwamm mit Albi auf den Hacken zum Ufer, um sie beide in Sicherheit zu bringen. Ranzratte kam.

Aber Ranzratte wollte gar nicht zum Steg an der Ketelswarf, sondern fuhr an der Hallig vorbei. Das Motorgeräusch ebbte allmählich ab, während Bisamm das Boot ausmachen konnte, als es sich an den Stangen und Besen entlang in Richtung Leuchtturm aus dem Staub machte.

Gut so. Bisamm ersparte es, Jorke zu benachrichtigen, wie sie gewünscht hatte. Dagegen teilte er Ralle mit, dass er einen neuen Auftrag für ihn hatte.

Am späten Vormittag war Bisamm im Topinamburgarten, wo er Albi zeigte, wie man Knollen ausgräbt und isst, ohne sie gänzlich auszurotten. Asio war zu dieser Zeit nicht zu erwarten.

Erstaunlicherweise suchte Mosca Bisamm auf. „Ihr beiden, ich muss mit euch sprechen. Es passt gerade. Sumpfhase,

Häsin und eine unserer Basen arbeiten sich gegenwärtig in der Mutterburg ab.“

„Sie rudeln also“, verkürzte Bisamm den Tatbestand. Ralle hatte ihm den ausführlich erklärt.

„Gut. Jedenfalls werden sie das Nest bestimmt nicht verlassen, um anderen nachzuspionieren.“

„Obamern.“

„Meinetwegen, jetzt lass mich aber ausreden. Sumpfhase hat die Sippen wieder voll in der Hand. Mehrmals täglich sagen sie zusammen das Gedicht auf. Hamster gibt den Takt an.“

„Sie werden in ihr eigenes Unglück rennen.“

„Das tun sie schon. Täglich fehlt jemand von uns, in den letzten drei Tagen fünf. Natürlich munkelt man, dass sie in einem großen Nerzmagen gelandet sind. Aber Sumpfhase verbietet jede Diskussion darüber. Er meint, dass Asio den Pakt vielleicht immer noch nicht verstanden hat und man ihm den nochmals erklären muss. Er wird das ansprechen, es muss alles auf den Tisch. Auch so ein Kieler Gerede.“

„Ja, Sprüche kennt er genug.“

„Übrigens wird Sumpfhase nach Kiel zurückgehen, wenn es auf der Hallig für Bisams gefährlich würde. Zusammen mit Häsin. Er hat ihr eine komfortable Wohnung versprochen und freies Essen. Ich habe gelauscht“, gestand Mosca freimütig.

Bisamm verzog kurz die Lippen. „Wenn es so viele sind, die verschwinden“, sagte er nachdenklich, „sind dem ersten Nerz vermutlich schon mehrere gefolgt. Sie fressen ja auch noch anderes.“

„Das war aber unhöflich, oder, Onkel?“

„Das Fressen? Nein, im Fall von Nerzen nicht. Sie töten auch, wenn sie gar keinen Hunger haben. Das ist ein Zwang bei ihnen, anders als das, was wir essen nennen. Nicht schön.“

Mosca lächelte auf Albi hinunter. „Da bist du aber froh, deinen Onkel Bisamm zu haben, nicht?“

„Bin ich, er bringt mir alles bei. Auch, dass ich mich vor Nerzen hüten muss.“

„Ja, da hat er recht“, stimmte Mosca zu, um sich wieder an Bisamm zu wenden. „Unser Bruder Hamster hat sich wieder voll auf Sumpfhases Seite geschlagen.“

„Das war unübersehbar. Wie kann er nur so dumm sein.“

„Es geht ihm um den augenblicklichen Vorteil. Was morgen ist, kümmert ihn nicht. Und ob Sumpfhases Handeln für die Zukunft der Sippen richtig ist, erst recht nicht. Hauptsache, Hamster hat jetzt die Aufmerksamkeit aller, die auf Sumpfhases Seite stehen, die geheimen Gespräche mit ihm, die Abmachungen mit anderen, von denen wir Übrigen gar nicht wissen, wer sie sind … Es macht Hamster wichtig.“

„So schlimm?“

„Ja. Das Einzige, das Hamster nicht gefällt, ist, dass Sumpfhase sich Rat holt bei Häsin.“

„Ich weiß aus eigener Erfahrung, dass er manchmal andere fragt, was er tun soll. Besonders klug ist auch Sumpfhase nicht.“

„Genau. Auch andere haben das schon gemerkt. Die Zahl derjenigen, die sich insgeheim gegen Sumpfhase wenden, wird immer größer. Sie wagen es nur nicht, ihm offen zu widersprechen.“

Bisamm setzte sich auf sein Hinterteil vor Erstaunen. „Warum denn das nicht?“

Mosca schwenkte zweifelnd seinen Kopf. „Man munkelt, dass Sumpfhase seine Gegner an Asio ausliefert. Er braucht sie nur zu beschreiben – welche weißen Flecken wo und Ähnliches – dann greift Asio sich schon den richtigen heraus. Und wenn nicht, ist es auch nicht schlimm.“

„Und im Unterschied zu Sumpfhases Beteuerungen kann Asio natürlich ganz ausgezeichnet sehen“, fügte Bisamm hinzu, dem jetzt ein großes Licht aufging. „Hamster hatte mir schon zugeflüstert, dass Sumpfhase Kaninchen geopfert hat. Weil sie ihm widersprach, vermutlich.“

„Ja. Sumpfhase geht es nur um die Macht. Und die Bisams, die begreifen, dass Sumpfhase sie ins Verderben schickt, wenn sie widersprechen, werden immer mehr, wie gesagt. Sie hoffen auf dich. Das wollte ich dir mitteilen. Eines Tages bist du gefordert, uns aus dieser Gefahr zu befreien."

„Ob ich will oder nicht?"

„Du willst bestimmt, Onkel Bisamm, oder?" Albi fragte so vertrauensvoll, dass Bisamm und Mosca lachen mussten.

„Ja, Albi", seufzte Bisamm. „Wer könnte denn schon wollen, dass die Nerze uns vernichten?" Er hatte es ganz rhetorisch gemeint, aber Mosca fasste die Frage anders auf, wie er sehen konnte.

„Die amerikanischen Nerze sind immer noch hinter uns her", erinnerte Mosca. „Sie haben nie vergessen, dass wir aus Angst vor ihnen ausgewandert sind. Aber jetzt kriegen sie uns als ganzes Volk. Glauben sie."

Ralle war schon lange von seinem neuerlichen Rundflug zurück, als sie zu Dritt aus dem Topigarten kamen. „Das war voll krass", sagte er begeistert. „Dieses respektlose Boot brachte den Zweibeiner Ranzratte frech zum Anlegesteg an der Rixwarf, und dann musste der Stinker den ganzen Weg zum Leuchtturm zu Fuß gehen. Das Boot macht mit ihm, was es will."

„Was hat Ranzratte denn am Leuchtturm gemacht?"

„Er ist hineingegangen. Blieb lange Zeit drin. Ich habe währenddessen Galla und Chloropus besucht, der auch noch dazukam."

„Hatte Ranzratte Tüten in den Händen?"

„Gar nichts hatte er."

„Gar nichts", wiederholte Bisamm enttäuscht. Wenn Ranzratte dort keine Seife hingebracht hatte, konnte er sich dessen seltsames Gebaren nicht erklären.

„Ich gehe zu den anderen. Mal gucken, was die machen." Albi hüpfte davon.

„Ja, recht hat er. Mach doch auch mal Party", sagte Mosca aufmunternd zu dem düster blickenden Bisamm. „Deine Nähe deprimiert."

„Nicht so einfach“, murmelte Bisamm sorgenvoll.
„Ja, dann …“ Auch Mosca entschwand.

Bisamm stand an seinem Haupteingang, als auf der Straße ein Zweibeiner auf einem Zweirad angerollt kam, den er erkannte, noch bevor er ihn roch. Ranzratte.

Er hatte sich von seinem Boot also lieber zum Anlegesteg an der Rixwarf bringen lassen, als unterhalb der Ketelswarf anzulegen. Wahrscheinlich passte es mit dem Wasser nicht. Aber was hatte er dann im Leuchtturm gemacht?

Bisamm folgte Ranzratte in vorsichtigem Abstand, als dieser sein Zweirad zum Museum hochschob, es dort abstellte – und wieder nicht hineinging. Er schulterte seinen Rucksack.

Wie Bisamm bereits ahnte, wanderte Ranzratte lässig wie die meisten Besucher über die schmalen Fußsteige zwischen den Häusern, um schließlich am Sood anzukommen. Er kramte ein wenig im Rucksack herum, bevor er den Sooddeckel öffnete und ihn beiseitestellte. Dann beugte er sich über die Öffnung. Seife wollte er wohl nicht abwerfen.

Stattdessen fuhr er in einer einzigen schnellen Bewegung um seine eigene Achse und richtete ein gegabeltes Holzstück gegen Bisamm, das mit einem Zischen irgendetwas gegen ihn schleuderte.

Bisamm fühlte, wie das Ding seinen Haarkamm traf, und da war er schon unterwegs in die Hecke, wo er sich eigentlich vorher schon hatte verstecken wollen. Ein zweites Geschoß, das er zunächst für einen Stein hielt, prallte an einem dicken Ast ab und blieb vor seiner Nase liegen. Da erst erkannte er, dass es gar kein Stein war, sondern eine schwarzglänzende Kugel.

Er zog sich weiter in die Tiefe der Hecke zurück.

„Was machen Sie denn da!“, schrie Jorke aus Leibeskräften und zog Bisamm am Hinterteil aus der Hecke, um ihn in ihren Armen in Sicherheit zu bringen.

„Nichts!“

„Sie schießen mit einer Schleuder auf geschützte Tiere - und machen nichts?"

„Eine Ratte. Nicht geschützt", meinte Ranzratte verdrießlich, legte den Deckel auf den Sood und nahm seinen Rucksack auf.

Hinter Jorke trat Frauke. „Was ist los, Tochter?"

„Dieser Typ hat auf Biberchen geschossen", sagte Jorke empört. „Mit einer Schleuder. Ein Geschoss liegt auf dem Rasen, ich kann es von hier sehen, das andere muss in der Hecke stecken."

„Das wollen wir doch mal gleich sicherstellen!" Einen Augenblick vor Ranzratte langte Frauke bei dem Geschoss an und schloss es in ihrer Faust ein. „Auch noch eine Stahlkugel, der Herr!", sagte sie scharf. „Eine echte Waffe. Und Sie kommen in voller Absicht mit einer Waffe her, um einen kleinen Biber zu erschießen?"

Ranzratte lachte hässlich.

„Also Bisamratte, meinetwegen", gab Frauke zu. „Aber ich kann Ihnen versichern, dass dies unter Tierquälerei fällt, und die werde ich anzeigen."

Mit einem Fluch auf den Lippen war Ranzratte aus dem Törchen des Grundstücks und auf und davon. Als Frauke und Jorke, immer noch mit Bisamm im Arm, auf der Südseite der Warf ankamen, stellte Frauke schweratmend fest: „Da radelt er davon. Zur Fähre. Ich hoffe, du kannst ihn gut beschreiben, ich kann hauptsächlich darauf verweisen, dass er wie ein Mülleimer in der Sonne stinkt."

„Und was machst du, Mams?"

„Ich werde telefonieren. Mit Lewe, den Jungs auf der Schutzstation, der Polizei, einem Tierschutzverein und der Presse."

„Boah, dem gibst du es aber!"

„Jawohl. Willst du Biberchen nicht runterlassen? Er sieht etwas gequetscht aus."

Einige Zeit später hatte Frauke alle erreicht außer dem Jäger. „Lewe war der Einzige, der mir wenigstens etwas zu den

Jagdvorschriften sagen konnte", erklärte sie Jorke und Thies. „Die sind bezüglich der Anwendung von Schleudern als Waffe nicht ganz eindeutig. Immerhin wusste der Mann ..."

„Ranzratte."

„... wusste Ranzratte, dass es sich bei Biberchen um eine Bisamratte handelt, die ausgerottet werden sollen. Und wenn er denn einen Jagdschein hätte ..."

„Lach alleine, Mams", unterbrach Jorke sie erbittert. „Das kann doch nicht wahr sein!"

„Nicht bei Tage und nicht im Wohngebiet", stand Thies Jorke bei. „Außerdem befand sich ja offenbar Jorke genau in Schussrichtung. Das geht gar nicht."

„Ich bin ja eurer Meinung", sagte Frauke. „Auf jeden Fall werden wir die Sache anzeigen, und sei es wegen vermuteter Tierquälerei. Ranzratte hätte Biberchen lähmen oder schwer verletzen können, und der wäre in seinem Bau verhungert, ohne dass ihn jemand hätte herausholen können."

25. Politisch korrekte Presse

Am nächsten Tag war die Presse da, drei Männer, die von Bürgermeister Lewe zu Frauke begleitet wurden. Einer von ihnen, Vertreter der Neuen Landeszeitung, war ein gesetzter Mann mit altmodischem Block und Kuli, der zweite von der Allgemeinen Inselzeitung hatte eine tolle Kamera dabei, die Thies mit einigem Neid betrachtete. Der Dritte, jung und in Jeans mit Löchern über den Knien, hielt sich unauffällig im Hintergrund.

„Hier war mehrmals von Bibern die Rede“, sagte der Ältere. „Und ein Gast soll auf den geschossen haben?“

Lewe verzog das Gesicht und schielte zu Jorke hin. „Na, ja, Kinder können das nicht so genau beurteilen. Es handelte sich bei dieser ersten Entdeckung eines Exemplars um einen Albino, der als Biber durchging. Tatsache ist, dass wir inzwischen mit Sicherheit wissen, dass es sich um Bisamratten handelt. Es wurden Kadaverteile am Dammanfang gefunden. Diese Bisamratten waren Opfer von Nerzen, die aus den Kolonien an der Elbe stammen und seit neuestem auf der Hallig einwandern. Die Nerze sind Nachkommen von Käfigtieren, die von Tierschützern in Anführungszeichen nachts freigelassen wurden.“

„Sie scheinen Tierschützer in Anführungszeichen nicht zu mögen? Die Pelzindustrie ist immerhin ein beträchtlicher Wirtschaftsfaktor.“

Lewe brummte nur unverständlich.

Jorke gab ihm recht. Überhaupt war der Journalist ja völlig veraltet ausgerüstet. Der hatte bestimmt auch veraltete Meinungen.

„Jedenfalls wollen wir weder Nerze noch Bisamratten auf der Hallig haben", setzte Lewe seine Einführung fort. „Die Nerze machen sich über die Bodenbrüter her, und die Bisams zerwühlen die Deiche. Die einen mit ihrem blutigen Handwerk wirken abschreckend auf Gäste, die anderen sind eine Gefahr für die Einheimischen."

„Dann würde ich jetzt gerne den Tatort besichtigen", verlangte der Altmodische.

Als Lewe ihn und den mit der Kameraausrüstung zum Sood führte, blieb der junge Mann zurück und sprach Jorke an. „Du bist wohl die junge Dame, die das Biberchen geschützt hat?"

„Ja, den Albinobisam", verbesserte Jorke ehrlich.

„Das habe ich schon verstanden, aber auch, dass du zu ihm einen besonderen Draht hast, stimmt's? Die Jungs von der Schutzstation haben mir das erzählt."

„Du warst schon bei denen?"

„Klar, ich bin gestern Abend noch im Boot eines Freundes hergedüst. Stört es dich, wenn ich deine Antworten aufnehme?"

„Nein, frag nur."

„Das Wichtigste zuerst. Wie sah der Mann aus, der geschossen hat? Was für einen Eindruck machte er auf dich?"

„Die reinste Ranzratte! Unglaublich bewollt am Kopf, krause schwarze Haare, auch am Gesichtspelz. Ungeschnitten. Muckerzähne und Abschleppöse. Cargohose in oliv. Arschfax. Das ganze Outfit gammelig."

Der Journalist grinste. „Da haben wir ja schon eine Beschreibung, mit der sich nach ihm fahnden lässt. Ich muss sie nur übersetzen. Mein Name ist übrigens Dennis."

Jorke nickte, auch wenn sie fand, dass ihre Beschreibung auf zahllose Jugendliche passte. „Ich habe Ranzratte mehrmals gesehen, Dennis. Irgendwie zieht dieser Sood ihn an, da muss etwas drin sein, was ihn interessiert. Und er sah jedes Mal so aus, als wäre er noch nie aus seinen Kleidern gekommen."

Dennis blickte in den Gang zwischen den Häusern, wo gerade der Bürgermeister mit den beiden Kollegen Richtung Café ging. Die Erklärungen und die Fotos waren abgehakt. „Die wollen dich anscheinend gar nicht interviewen. Wollen wir mal in den Sood gucken?"

Jorke überlief es bei der Erinnerung an das feuchte Gemäuer kalt, aber Dennis konnte das natürlich nicht wissen. Nur wenig widerstrebend ging sie mit. In seiner Gegenwart würde sie nicht hinunterfallen.

Trotzdem mochte sie gar nicht hinuntersehen, als Dennis den Schacht inspizierte. Enttäuscht tauchte er wieder auf. „Nichts Besonderes. Grauer geruchloser Schlamm aus Jahrhunderten."

„Vielleicht hat Ranzratte einfach nicht alle Tassen im Schrank", sagte Jorke erleichtert.

„Wird wohl so sein. Danke für das Interview. Ich muss den Kollegen hinterher." Dennis machte die Ghettofaust, Jorke stieß dagegen, dann rannte er los.

Ralle saß auf dem Nest im Fething. „Ey du!"

Bisamm wurde ihn jetzt erst gewahr. „Ey", antwortete er matt.

„Waslos ey?"

„Viele fremde Zweibeiner auf der Hallig. Keine Touris. Man muss aufpassen, ihnen nicht zwischen die Beine zu geraten."

„Hab ich schon gemerkt, war auf Besuch bei Galla und Chloropus. Eine ganze Herde von Rollwagen stand da."

„Und wie geht es ihnen dort?"

„Galla fühlt sich nicht wohl. Ihr fehlt der Seegang im Fething. In dem neuen Tümpel hat sie immer nur den Wind in den Federn. Sie wünscht sich die putzigen Bisams zurück, die beim ersten Ausgang durcheinanderkrabbeln und –rollen. Und sich auch mal verlaufen und zwischen ihren Eiern landen. Selbst Asio fliegt nicht bis dorthin. Ihr ist einfach langweilig. Das

Batteln hatte ihr immer gut gestanden. Komm doch mal mit, wenn ich sie besuche!“

Die Presse sollte sich wegen der Bisamratten für die Hallig interessieren. Das passte ihm gar nicht. Nicht, dass er vor diesen Leuten Angst gehabt hätte. Sie waren ihm nur im Wege.

Seine Planung war gewesen, vor seiner nächsten Challenge einige Wochen verstreichen zu lassen. Auf der Hallig war alles so gelaufen, wie er es vorgehabt hatte. Nicht zu glauben, dass ihm ausgerechnet Ratten einen Strich durch die Rechnung machten. Ohne dieses neugierige Gör hätte er die weiße Ratte erschossen und im Sood versenkt, und niemand hätte es gemerkt. Eine verfluchte Situation, dass die Halligleute es gleichzeitig mit Ratten und Nerzen zu tun hatten und ausgerechnet jetzt versuchten, sie loszuwerden.

Deswegen eilte es. Er musste vor der Veröffentlichung der Presseberichte hin. Dieses Gör, die Jorke, hatte sich bestimmt danach gedrängt, den Vorfall ausführlich zu beschreiben. Folge dessen kam wahrscheinlich auch er in einem Bericht vor, was er unter anderen Umständen begrüßt hätte.

Am nächsten Abend führte er seinen genau ausgetüftelten Plan durch, belud das Boot und fuhr los.

Der Tümpel war nicht besonders groß. Benachbart stand der Leuchtturm auf einem gepflasterten Hügel. Darin konnte sich kein Bisam eingraben, für Bisamratten war er unbrauchbar. Aber Vögel aller Arten gab es, weil keine menschlichen Zweibeiner in der Nähe wohnten. Das Geschwatze von Nest zu Nest war unüberhörbar.

Galla saß auf ihrem neuen Nest und freute sich, dass Ralle schon wieder da war und obendrein Bisamm mitgebracht hatte. „Schrecklich langweilig hier“, seufzte sie. „Zweibeiner sind die Einzigen, die hier entlangwandern, aber da bleiben mir immer Sockenfussel im Schnabel hängen, die nicht gut schmecken.“

„Wie das denn?“, fragte Bisamm erstaunt.

„Ich muss ihnen in die Füße hacken, damit sie aufhören, mir ins Nest zu gucken. Wenigstens verstehen sie mich.“

Chloropus kam angeflattert. „Habe euch gesehen“, verkündete er.

„Hast du mir endlich Larven mitgebracht?“, fragte Galla nachdrücklich.

„Nein! Therapier mich nicht!“, antwortete Chloropus verärgert und wandte sich wieder Bisamm zu.

Die Stimmung schien bei beiden nicht besonders gut zu sein.

„Nachts lässt einen dieser Turm nicht schlafen“, nörgelte Chloropus. „Andauernd blitzt eine rotes Licht über uns hinweg. Wenn sie uns wenigstens das sanfte grüne gönnen würden – aber nein.“

„Heute Nacht war es dazu noch besonders unruhig“, schimpfte Galla erbittert. „Da kam dieses Boot angeknattert; es fuhr ganz nah ans Ufer, schleuderte ein paar Beutel an Land und fuhr wieder davon. Wir dachten schon, wir hätten jetzt endlich Ruhe, aber auch das stimmte nicht. Da kam ein Zweibeiner angerannt, hat die Beutel in den Turm geworfen und die Tür mit Geschepper hinter sich zugeschlagen. Das Boot hat ihm wohl Bescheid gesagt, dass da etwas für ihn liegt. Jedenfalls hörten wir das Boot dann auf dem Rückweg, an Land ist es aber nicht mehr gekommen.“

„Schade, dass es euch hier nicht gefällt“, sagte Bisamm betrübt. „Wollt ihr denn nicht zurückkommen? Auf der Ketelswarf ist es doch schön. Und ruhig.“

„Nein“, lehnte Galla entschieden ab. „Wir ziehen wieder zum Leuchtturm Westerheversand. Chloropus vermisst auch die anregenden Gespräche der Männer in weißen Kitteln, wenn sie kranke Zweibeiner abholen müssen, die den Weg zurück nicht mehr schaffen. Ja, dort haben wir alles, was wir brauchen. Auch genügend Larven!“ Das Letzte galt Chloropus.

Mit ihm zusammen verließen sie Galla.

Sprachlos starrte Thies in den Pressebericht, den er vor der Nase hatte. Dann las er vor:

„Es war keine einfache Reise auf die Hallig Langeneß. Einerseits die Selfies von schnell angereisten Aktivisten mit niedlichen Bisamratten im Arm, die wie eine Einladung wirkten, noch mehr von ihnen in Deichen und Fethingen zu dulden.

Die Grünen von Schleswig-Holstein und der EU zeigten für die Aktivisten großes Verständnis und betonten ihre Bereitschaft, mehrere Millionen Euro für den Küstenschutz auszugeben.

Dagegen stand das Bedürfnis der Bewohner, gegen die Unterminierung ihrer Warfen vor allem wegen Landunter in den Winterstürmen geschützt zu werden. Andernfalls bestünde die Gefahr, dass die Häuser mit Wasser volllaufen.

Die Erfahrung lehrt jedoch, dass auch schon vor Jahrhunderten der Untergang der Halligen prophezeit wurde.

Es gibt sie bis heute."

„Das ist alles?"

„Mehr steht hier nicht", bejahte Thies und blätterte zur Vorsicht um. „Stimmt."

„Vom Schützen mit der Schleuder und den Stahlkugeln und dem Verstoß gegen Tierschutzgesetze – kein Wort?"

„Nein, bestimmt nicht, Frauke. Dies ist einer der Artikel, wie wir sie andauernd aus allen Medien erhalten, wenn der Journalist mit den Politikern nicht über Kreuz liegen will."

„Das war bestimmt der Alte mit dem Bleistift", mutmaßte Jorke. „Ich bin sicher, dass Dennis einen ganz anderen Artikel geschrieben hat."

„Wer ist Dennis?"

„Der junge Typ, der immer im Hintergrund blieb."

Er zerriss die Zeitung, sprang auf und schmetterte voll Wut einen Schuh gegen den Spiegel neben der Tür. Die Scherben klirrten zu Boden.

Gleich darauf klopfte das neugierige Weib von Vermieterin an seine Tür. „Was passiert?"

„Ich bin über diese Teppichkante gestolpert und gegen den Spiegel gefallen. Da muss es doch irgendwelche Vorschriften geben. Schreiben die den Vermietern nicht vor, die Kanten festzukleben? Ich werde mich erkundigen, Frau Lorenzen! Seien Sie dankbar, dass ich mich nicht verletzt habe."

Zufrieden hörte er, dass die alte Frau davonschlurfte, wortlos, und wandte sich wieder dem Zeitungsbericht zu.

Die Beschreibung des Mädchens auf Langeneß war widerwärtig genau. Er hätte sie mit dem Bisam im Arm erschießen sollen. Das Bild im Kopf brachte ihn zum Lachen. Seine Stahlkugel hätte es jedenfalls geschafft. Beide ab in den Sood. Und die nächste Fähre hätte er locker erreicht. Bis jemand sie gefunden hätte, wären wahrscheinlich Tage vergangen.

Die Seite mit dem Bericht riss er heraus und stopfte sie in seinen Rucksack. Die Lorenzen hatte die Zeitung schon gelesen. Dann setzte er sich hin, um seine nächsten Schritte zu überlegen.

Am liebsten Abhauen. Aber er hatte das Appartement der Lorenzen für zwei Wochen im Voraus bezahlt. Verschwinden mit oder ohne Begründung würde auffällig sein.

Dann fiel ihm allerdings ein, dass er den Ätzkalk ganz vergessen hatte. Irgendwann würde der Gestank unter der Tür des Leuchtturms durchkriechen, und die Touristen würden sich aufregen und es melden. Auf die Hallig konnte er nicht mehr.

Da war es doch gescheiter, sein Tätigkeitsfeld in einigen Tagen zu verlegen. Er klaubte seinen Schuh zwischen den Scherben heraus, zog sich eine Windjacke an und verließ unbekümmert pfeifend das Haus. Am Strand gab es immer junge hübsche Frauen, Touristinnen natürlich, die er anmachen konnte.

26. Battle am Leuchtturm

Mosca kroch in Bisamms Bau, ohne eingeladen zu sein. Es war draußen unerträglich heiß, er war dankbar, sich innerhalb der feuchten Wände zu befinden. Bisamm hörte die Kratzgeräusche und stürzte zum Eingang, um ihn zu verteidigen. „Ach, du bist es", sagte er erleichtert.

„Ja, ich. Bisamm, du musste etwas unternehmen! Jeden Tag fehlt wieder einer von uns. Sumpfhase hockt neben Häsin in der Mutterburg und verlässt den Bau nicht mehr. Er lässt sich von Hamster berichten, was draußen los ist."

„Sagt Hamster denn die Wahrheit?"

„Nein, er lügt. Er erzählt Sumpfhase, was er hören will: dass die kriegerischen Teichhühner alle fort sind, ebenso wie die Brandgänse, dass Asio die widerständigen Bisams am Dammanfang regelmäßig erlegt und der Jäger aufgegeben hat."

„Und Sumpfhase schließt daraus, dass seine Planung von Erfolg gekrönt ist."

„Ja, er ist sehr stolz auf sich. Die Bisams werden sich ohne Konkurrenten zu einem großen Volk entwickeln, sagt er, und jeder wird eine von Brandgänsen aufgegebene Röhre beziehen können."

„Weiß er nicht, dass die für uns nicht tauglich sind?"

„Keine Ahnung. Er behauptet es einfach, und aus seinem Gefolge kommt kein Widerstand. Sie zeigen mittlerweile alle die Sumpfhasenpfote, wenn er etwas Staatstragendes von sich gibt."

„Wie viele sind denn von uns noch da?"

„Gezählt habe ich sie nicht. Aber jeden Tag kommen welche aus der Burg herüber, um bei uns im Deich einzuziehen. Der Platz wird langsam knapp."

„Wissen alle um die Gefahr durch Asio?"

„Unsere: ja, die sind gewarnt. Aber den Bisams in der Burg wird sie verschwiegen."

„Wir müssen bald fort", sagte Bisamm beunruhigt, „du hast völlig recht, Mosca. Aber wir können unsere Kleinen nicht opfern, sie halten den Marsch zum Festland noch nicht durch. Wir müssen mit dem Auswandern warten, bis wir keine Wahl mehr haben."

Es wurde jetzt richtig heiß. Die Sonne brannte vom Himmel, es gab kaum Wolken und keinen Regen. Eines Morgens kam Chloropus angeflattert und hackte unter Atemnot mit Mühe heraus, dass Galla um eiligste Hilfe bäte. Dann flog er wieder zurück.

Ralle rief lauthals nach Bisamm, der mit Albi auf dem Abhang herumtollte, Mosca und noch einige andere schlossen sich an, und dann machten sie sich als Trupp auf den Weg zum Leuchtturm.

„Lass Haare wehen!", rief Ralle Bisamm begeistert zu und hatte von oben seinen Spaß an den Bisamratten im Wandergalopp, die aber doch langsamer als er waren.

Dann stieß Tade zu ihnen und flog schon mal voraus.

Als sie bei Galla ankamen, schien alles ruhig, Chloropus war noch nicht angelangt, vermutlich hatte er sich unterwegs erholen müssen, und sie waren an ihm vorbeigerannt, ohne ihn zu bemerken.

„Habt ihr Chloropus nicht gesehen?", erkundigte sich Galla. „Er war so aufgeregt heute früh."

„Das haben wir festgestellt. Du hättest Alarm geschlagen, hat Chloropus gerufen, dann war er schon wieder auf dem Rückweg", antwortete Ralle. „Und wenn du schon etwas befürchtest … Da habe ich zur Sicherheit alle mitgebracht, die zur Hand waren."

„Das ist nett von euch, wäre aber ganz bestimmt nicht nötig gewesen", befand Galla. „Der Alarm kam nicht von mir, ich bin ja froh, wenn hier mal was los ist."

„Ja, und wie", keuchte Chloropus, der gerade landete. „Es stinkt hier so merkwürdig, riecht ihr es nicht? Und das ist furchtbar unhygienisch. Die Zweibeiner werden uns verjagen, weil sie denken, wir wären schuld daran."

Bisamm hatte es natürlich gerochen. Aber zunächst war ja zu klären gewesen, warum Galla Alarm geschlagen hatte, von dem sie nun wussten, dass es sich um Chloropus' Alarm gehandelt hatte. Er war schon immer etwas ängstlich gewesen. Der Gestank war nasenbetäubend. Außerdem kannte Bisamm ihn. Es war derselbe wie im Sood, bevor Ranzratte mit der Seife gekommen war. Übrigens lag noch eine schwache Spur von Ranzratte in der Luft.

„Und dann kommen die Bakterien!" Chloropus triumphierte. „Mit Schleimhülle oder Geißeln. Das ist gefährlich."

„Was sind denn Bakterien?", fragte Albi, der als Einziger nicht so tun musste, als wüsste er um die Gefahr.

„Das wurde abschließend noch nicht geklärt", räumte Chloropus salbungsvoll ein. „Jedenfalls kommen zuerst weiß gekleidete Zweibeiner und dann die Bakterien."

„Hier kommt nur der grüne Jäger!", rief Bisamm erschrocken, der sich inzwischen umgesehen hatte, und schob Albi hinter ein Grasbüschel. „Alle Bisams in Deckung!"

„Zu mir, ihr zwei!", rief Galla gellend, die den Eierdieb wiedererkannte und wusste, wie sie mit ihm umzugehen hatte.

Noch bevor Jäger Federrupf das Gewehr hochgerissen hatte, hockte Albi zwischen den Eiern und Bisamm hinter dem Nest. Alle anderen Bisamratten lagen flach in Wasserkuhlen und Gräben.

„Chloropus, tu auch mal was!", befahl Galla streng. „Schalt auf giftgrün und stell dich vor dem Zweibeiner auf."

Widerwillig, aber gehorsam, trapste Chloropus mit Beinen, die zunehmend grellgrüne Farbe annahmen, vor den Jäger und schloss ergeben die Augen.

„Sei doch kein solcher Angsthase“, rief Galla verärgert. „Der schießt nicht auf dich. Das darf er gar nicht.“

„Tade, hol Hilfe! Alle Gänse, die du auftreiben kannst!“, rief Bisamm aus der Deckung. „Und wen du sonst noch so triffst.“

Tade schoss aus dem Gras hoch und flog unbehelligt davon. Währenddessen zielte Jäger Federrupf hierhin und dorthin auf eine vermeintlich zu treffende Bisamratte, aber überall tauchten Ralle und seine jüngeren Geschwister plötzlich auf, und so kam er nicht zum Schuss.

Nach und nach trudelten einzelne Trupps von Ringelgänsen ein, die den Sommer über auf der Hallig geblieben waren, einige Graugänse, Brandgänse aus der Nachbarschaft und neugierige Möwen. Aus Solidarität kamen auch die Bisamratten aus der Burg, mit Ausnahme von Sumpfhase und Häsin.

Je mehr sie wurden, desto fröhlicher wurde die ganze Schar, die mit Erfolg den Jäger einkreiste. Er drehte sich mit dem Gewehr im Arm ratlos um sich selbst. Schließlich wagte er sich nicht mehr zu rühren.

Zum Schluss traf Branda ein.

„Du hast ja nur noch chicken wings“, neckte Ralle sie. „Du fliegst wohl nie?“

„Nein, ich brüte wieder.“ Dann schnatterte Branda im Befehlston: „Gib mir meine Legionen wieder!“

„Mutter!“, mahnte Tade sanft.

„Na, gut. Legehennen also! Und macht mir den rechten Flügel stark!“

An ihre rechte Seite rückten mehrere Brandgänse heran.

„Und jetzt: Macht mir den linken Flügel stark!“

Dort war niemand mehr. Branda sah sich erstaunt um, dann streckte sie den Schnabel in die Luft. „Zur Sonne, zur Freiheit!“, schmetterte sie beglückt, „denn der Haifisch, der hat Zähne, und die trägt er im Gesicht.“ Danach hob sie ab Richtung Festland und die Brandgänse vom rechten Flügel mit ihr.

„Zurück, Branda“, schrie Bisamm, „dort ist der Feind nicht!“

In weitem Bogen umflog Brandas Schar die nächste Fenne und landete wieder bei den anderen, unbeeindruckt von dem Versehen. „Jetzt aber: alle miteinander, alle miteinander!“

„Schon richtig, Branda“, sagte Galla großzügig und reckte sich in ihrem Nest, um von allen wahrgenommen zu werden. „Aber wir können noch mehr. Wir müssen unseren Kampf gegen Bakterien und grüne Jäger nur richtig organisieren. Und zwar wie folgt:

Alle lauschten ihr.

„An die Brandgänse: Kopf senken! Schnabel öffnen! Rennen, beißen! Aber erst auf mein Signal.

An die Teichhühner: Kopf strecken! Flügel öffnen! Entgegenlaufen!

An die Bisamratten: Zähnerattern! Stinken!

Und jetzt an alle: Attacke! Attacke!“

Jäger Federrupf wusste nicht, was er machen sollte, als ihn die kämpferische Schar anging. Er warf das Gewehr von sich und ergab sich, indem er sich hinsetzte und die Arme schützend über den Kopf schlug.

Über den Feldweg rumpelten zwei Rollwagen heran. Aus dem ersten sprangen Jorke und ihre Eltern, aus dem zweiten Bürgermeister Lewe.

„Was geht denn hier vor sich?“, fragte Lewe verständnislos.

„Großartig!“, rief Frauke bewundernd. „Die Tiere haben sich solidarisiert und gegen den Jäger zusammengeschlossen. Das habe ich noch nie erlebt.“

„Ich auch nicht“, knurrte Jäger Federrupf. „Ich weiß nicht, was das bedeuten soll. Aber heutzutage ist ja alles möglich.“

Jorke hüpfte auf der Stelle in die Höhe und spähte um sich. „Biberchen“, rief sie. „Komm her, erzähl es uns.“

Bisamm kam, Albi hinter sich. Vor Jorke drehte er um und bahnte sich den Weg zum Leuchtturm.

„Er will uns wieder etwas zeigen“, wusste Jorke und folgte ihm, Frauke, Thies und Lewe auf den Hacken.

An der Tür blieb Bisamm stehen. Lewe stieß die Tür auf. „Puh, welch Gestank!“

„Der kommt aus den Beuteln. Verwesungsgeruch“, mutmaßte Frauke und öffnete vorsichtig einen der Beutel, die auf dem Boden lagen. Entsetzt fuhr sie zurück. „Leichenteile. Ein Mensch.“

„Nicht möglich!“ Aber dann erblickte Lewe einen abgeschnittenen Arm mit einer Frauenhand und wusste, dass es möglich war.

„Mams“, sagte Jorke energisch, „Die Bisams haben für die Entdeckung eines Verbrechens gesorgt. Man darf sie dem Herrn Federrupf nicht überlassen. Wenn wir wieder fort sind, schießt der."

„Ein wenig Höflichkeit wäre gut, Jorke“, murmelte Frauke abwesend vor sich hin, um dann wieder zum Thema zurückzukehren. „Du hast recht. Sie haben Schutz verdient.“

Thies wandte sich an Frauke. „Man könnte doch versuchen, die Bisamratten umzusiedeln, oder? Alle in Lebendfallen fangen … Oder ist das zu aufwendig?“

„Ja, das wäre sehr aufwendig. Aber es kann sein, dass sie freiwillig gehen. Wenn die Nerze die ganze Hallig mit ihrem Urin markiert haben, werden sie sie verlassen.“

„Ich werde es Biberchen erklären“, sagte Jorke trotzig. „Mich versteht er.“

„Wir wissen längst, dass wir fortmüssen, Albi, was?“, fragte Bisamm, der zu ihren Füßen saß. Er war nicht einmal eifersüchtig, als Jorke Albi umflauschte, der vor Vergnügen quietschte.

„Also gut“, sagte Frauke abschließend. „Lewe, wir sorgen dafür, dass die Bisamratten die Hallig verlassen und eine neue Heimat erhalten.“

Wie so oft, platzte Bisamm mitten in eine Bisamrattenversammlung, geleitet von Sumpfhase, der einigen wenigen seine Auffassung von Freunden und Feinden erzählte. Bisamm wollte wieder hinaus, aber die nachdrängenden Bisams, die alle mit ihm am Leuchtturm gewesen waren, ließen ihn nicht durch.

„Wir haben viel für die hiesige Bevölkerung getan", dozierte Sumpfhase. „Wir haben ihr nichts weggenommen."

„Und die Teichhühner? Die Brandgänse?"

„Die sind nicht die Bevölkerung, von der ich spreche. Teichhühner und Brandgänse sind keine Bevölkerung. Sie gehören nicht zu uns."

„Aber sie leben hier. Schon lange."

Bisamm reckte den Hals, um herauszufinden, wer da so mutig widersprach, fand es aber nicht heraus.

„Das interessiert mich nicht", schnarrte Sumpfhase. „Die Bevölkerung, die ich meine, sind wir Bisams und die Minks. Die gehören zu uns. Schon aus unserer gemeinsamen Zeit in Amerika."

Matte Zustimmung.

„Ach, die Abtrünnigen sind da", sagte Sumpfhase, der die Unruhe an der Eingangsröhre bemerkt hatte. „Das gibt mir gleich die Gelegenheit, euch zu eröffnen, dass wir uns eines neuen Weges erfreuen."

„Toll!", schrie Hamster. „Mach es nicht so spannend, Sumpfhase. Wie ist der Name?"

„Bisammmussweg!", artikulierte Sumpfhase deutlich. „Das ist das kurze Straßenstück, auf dem die Rollwagen die Hallig verlassen und auf das Schiff fahren."

27. Der Bisammmussweg

Am nächsten Tag fand Thies etwas Interessantes in der Zeitung. „Hör mal, Frauke, was sie auf Föhr Seltsames zu melden haben: Auf Föhr ist innerhalb weniger Wochen die zweite Urlauberin aus ihrem Ferienappartement verschwunden. Nachfragen der Polizei ergaben in beiden Fällen, dass die vermeintlich abgereisten Frauen zu Hause nicht angekommen sind. Beide waren alleinstehend. Die Polizei vermutet einen Zusammenhang zwischen den Fällen."

„Eine von ihnen ist bestimmt die Leiche in der Tüte", sagte Frauke und schüttelte sich. „Die Hand war eine Frauenhand, und an zwei Fingern waren noch Spuren von Ringen zu sehen."

Thies achtete nicht sonderlich auf seine Frau, sondern las weiter vor. „Und hier: Aufgrund der exakten Beschreibung des schießwütigen Täters von Langeneß durch die junge Tierschützerin konnte der vermutete Täter festgenommen werden. Es besteht der begründete Verdacht, dass die verschwundenen Frauen seine Opfer sein könnten."

„Und Biberchen hat es entdeckt", sagte Jorke stolz. „Wahrscheinlich hat Ranzratte die erste Frau im Sood entsorgt. Wo er doch dauernd dort war. Das müsste man der Polizei noch mitteilen."

„Ja", bestätigt Frauke, „Biberchen hat alle Hilfe verdient. Ich frage mich nur, wie wir das bewerkstelligen können. Einen Wohnraum an einer Störschleife habe ich für die Bisamms allerdings schon gefunden."

Thies legte nachdrücklich die Zeitung auf den Tisch, beugte sich zu Jorke vor und musterte sie intensiv. „Und du, Tochter, hattest es mit einem Mörder zu tun, der dich in den Sood kippte. Aber du wolltest uns nichts erzählen. Es fehlte wohl nicht viel, und du wärst sein drittes Opfer geworden."

„Und Biberchen das vierte", verteidigte sich Jorke. „Außerdem, Mams macht sich immer so viele Sorgen um mich, da konnte ich ihr das doch nicht erzählen ..."

„Wie gut, dass es Bisamratten gibt, die mehr Verstand haben als unsere Tochter." Thies kniff ein Auge zusammen.

„Thies, lass es auf sich beruhen", bat Frauke mildgestimmt. „Jetzt kümmern wir uns erstmal um die Bisamratten."

„Biberchen wird schon wissen, was er tun soll", sagte Jorke fest überzeugt.

Am Tag der Abreise von Jorke und ihrer Familie, wurde gepackt, sorgfältig und ohne Hektik. Als Jorke zum Auto kam, um als Letztes ihr Notebook zu verstauen, stand eine Schar ganz junger Bisamratten unter Aufsicht von Bisamm auf dem Parkplatz.

„Wir sollen sie zum Festland mitnehmen", begriff Jorke sofort und zählte durch. „Achtzehn Junge. Ihr Erwachsenen lauft über den Damm, ja, Biberchen?"

Genau das war Bisamms Plan. Die Bisamkinder waren die Einzigen, die den Bisammmussweg kennenlernen würden.

„Wir warten am Ende des Damms auf euch", erklärte Jorke Bisamm. „Mams hat eine Gegend für euch gefunden, in der ihr wohnen dürft. Sie ist frei von Jägern und von Nerzen. Wir werden euch vorausfahren und euch den Weg zeigen."

Bisamm begriff alles.

Als Jorke mit einem großen leeren Karton ankam, sagte er zu Albi: „Spring hinein, damit sie dir folgen. Du bist auf der Fahrt verantwortlich für die Kleinen. Und richte eine Pfützelecke ein."

Noch in der gleichen Stunde brachen die erwachsenen Bisamratten unter Bisamms Führung auf. „Kommen auch die anderen Bisaminnen aus der Burg mit?“, hatte Bisamm sich vorher höflich bei Häsin erkundigt.

„Ach, lass diesen Unfug mit Bisaminnen!“, bellte Häsin. „Natürlich kommen wir alle mit. Außer Sumpfhase, der ist unbelehrbar. Der geht zurück in die Politik. Nach Kiel.“

Der Tross wanderte langsam wegen der erwarteten Nachkommenschaft. Aber alle erreichten das Festland, wo Jorke, Frauke, Thies und die Kleinen auf sie warteten. Einige Tage später waren sie in der neuen Heimat angekommen.

Nachwort

Ursprünglich hatte ich mit diesem Büchlein vorgehabt, die inhaltslose Sprache der Politiker aufs Korn zu nehmen und dagegen die Sprache der Jugendlichen zu stellen, auch die derjenigen mit Migrationshintergrund. Ich vermute, den heutigen Politsprech hätten ein Adenauer, Genscher, Wehner, Brandt und Schröder niemals angewandt. Die Anforderungen der Bürger an ihre Politiker waren früher höher.

Der gegenwärtige Politsprech ist vor allem abgestellt auf Machterhalt der betreffenden Person und ihrer Partei. Hinzu kommt das unbedingte Anwenden von political correctnes sowie das Vermeiden von Worten, die man als simpler Muttersprachler höchstens als Sprachungeschicklichkeit einordnen würde. Worte, die öffentlich im Politikbetrieb fallen, machen sich jedoch gerne Minderheiten und Mitglieder von Oppositionsparteien zunutze, um daraus ein eigenes Süppchen zu kochen.

Insgesamt ergeben sich für Politiker so viele Fallen, dass er am liebsten gar nichts sagt. Um Informationen für die Bürger geht es sowieso nicht, im Gegenteil.

Die erfolgreichsten Verschleierer von Tatsachen befinden sich in Deutschland im Ministerrang – es besteht also ein positiver Zusammenhang zwischen der Kunst des Nichtssagens und der Karriere. Manche versteigen sich allerdings zu Formulierungen, dass man an Sprachstörungen glauben möchte.

Im Gegensatz dazu ist die Sprache der Jugend direkt, zuweilen fäkal, aber immer ehrlich, und man versteht sie – meistens.

Es hat mir großes Vergnügen bereitet, im Wortschatz von Jugendlichen nach Ausdrücken zu suchen, die sich wortwörtlich auf die von mir erdachte Sprache von Pelztieren bzw. von Gefiederten übertragen ließen.

In diese Gegenüberstellung von Sprache ohne Inhalt einerseits und Sprache mit Aussage andererseits mischte sich allerdings die Versuchung, aus der Geschichte eine Persiflage auf das gegenwärtige politische System zu machen. Ich bin nicht böse, wenn Zitate in ihrer abgewandelten Form wiedererkannt werden.

Wir bitten um Aufmerksamkeit für die folgenden Seiten:

Der Name soll ein Leben lang halten – die aktuelle Bestandsaufnahme

Knud Bielefeld / Annemarie Lüning
Na sag: Wie soll es denn heißen?
Die beliebtesten Vornamen der Deutschen: Das Jahrbuch 2016/17
144 S. / 12,95 € / ISBN 978-3-86940-018-1

Vornamen prägen ein ganzes Leben: Was ist am besten für mein Kind? Dieses Jahrbuch bietet aufschlussreiche Statistiken – die umfassende Auswertung der beliebtesten Vornamen Deutschlands – sowie ein Kaleidoskop von aktuellen Texten und Schlaglichtern: Unterhaltendes, Ratgeber und Anregungen zum Weiterdenken für eine so wichtige Entscheidung.